正久は思わず内匠頭にしがみついた。
しっかりと抱いてもらわないと
魂が抜けて飛んでいってしまいそうな気がした。
出口付近まで退いた魔羅がズンと深く突き入れられる。

火消の恋は鎮まらない

室戸みさき

AZ BUNKO
イースト・プレス

CONTENTS

illustration 香坂あきほ

火消の恋は鎮まらない

第一章　ひとりかもねむ…

「火災予告。入電中！」

夕食後くつろいでいた隊員たちが椅子《いす》を跳ね飛ばすようにして一斉に立ち上がる。新米の相沢一樹《あいざわかずき》もワンテンポ遅れて立ち上がった。

相沢一樹、二十八歳。体育会系な男たちに混ざった色白スリムな美青年だ。

一樹は総務省の若き官僚である。四国地方選出の国会議員の父と、優しくて美しい母を持ち、小さい頃から東京の郊外で何不自由なく育ってきた。それがいきなり東京の隣県にて消防署員なのである。

「稲穂《いなほ》市内で出火！　稲穂市高鼻《たかはな》二丁目、三番地十六号、二階建て集合住宅より出火！」

他の隊員は続報を冷静に聞きながら一階の車庫に駆け下りる。

「やばい！　また出遅れた！」

慌てて支度しようとして使っていた箸《はし》を落としてしまった。

早い者はすでに防火衣を着用し始めているはずだ。一樹は箸を拾ってテーブルに揃《そろ》えて置いた分だけやっぱり出遅れた。放送は住所を告げ始めている。

「カズ！　遅いぞ！」

下からいきなり怒鳴られて一樹は謝った。

「すみません！」

「足を止めるな足を！」

「はいっ！」

声に引っ張られて転げるようにして階段を下りきる。

慌てて防火衣を着てボンベなどの指差し点検を済ませ、消防車に飛び乗った。極度の緊張で汗びっしょり、すでに息が上がっている。稲穂市高鼻消防署、出場だ。

消防署に配属になって三ヶ月、やっと手順が身についてきたところだった。

他の署員は消防署に入ってから消防学校に行くが、一樹の場合は事情が特殊ゆえ、総務省から消防学校に行き、消防士としての体裁を整えてから消防署入りした。よって、即戦力として動いてはいるが、まださほど慣れていない。

「だいぶ慣れたか？」

小さな声で話しかけてきたのは、隣のシートに座る永田《ながた》中隊長だった。ガッチリした身体《からだ》つきの中年で、皆のまとめ役として頼りにされている気のいいおじさんだ。いまいち頼りない一樹をいつも気遣ってくれている。

「すみません」

先に謝った。

「君は素直だから、呑《の》み込みも早い方だと思うよ」

励ますように肩を叩《たた》かれた。

体育会系ばかりの職場で可愛《かわい》がってもらえることはとてもありがたかった。よそ者の自分など絶対歓迎されないだろうと覚悟していた分だけ余計に嬉《うれ》しかったのだ。

「まあ、カズも出場の練習を積めばスピードも上がるさ」

「すみません」

コクリと頭を下げると、前の席に座っていた勅使河原健二《てしがわらけんじ》が急に振り向いた。健二は三つ年下の先輩で、いつも率先して飛び出していく使命感に溢《あふ》れた男だ。気高い一匹狼《おおかみ》のような彼が動くと、一樹はつい目を奪われてしまう。

色の薄い瞳《ひとみ》が一樹を見据えた。

「おせえんだよ。一秒の遅れが惨事を招くんだぜ」

「……すみません」

冷汗が出る。三歳年下なのに、健二の威圧感はまるで父親のようだった。これは訓練と実経験の差からくる力強さの違いだ。中隊長が割って入った。

「まあまあ、先輩風吹かせてきつく言うなよ。カズだってまだ慣れてないんだからさ」

「永田さん、そうやってナアナアで済ましてたら、ちっともよくならないですよ」

「すみません」

居心地の悪いことこの上ない。一樹の謝罪を最後に狭い車内がしんとした。皆、これから向かう火災現場に思いを馳《は》せ、気合を入れ始めたのだ。

文句を言った健二も、気遣ってくれた永田も、座席に座り直して目をつぶる。一樹もそっと目を閉じ呼吸を整え、下腹に力を入れた。

（よしっ！　頑張るぞ！）

火災現場に赴くのはこれで三回目だった。稲穂市全体では年間百五十件ほどの火災があり、市内四つの消防署がほぼ等分に割り振られて出場している。一樹の所属する稲穂市高鼻消防署では年間約四十件の出場があった。

むしろ救急の方が多い。救急出場は年間一万八千件以上。四つの施設で単純に割り振ったとしても年間四千五百回、一日平均十三回である。

一樹は救命救急士の資格は持っていなかった。ゆえに火災担当のみで出場している。他の人よりははるかに楽なはずなのだ。

だが今までデスクワーク中心で、肉体を激しく使うことなどなかったせいか、なかなか職種に馴染《なじ》むことができないでいた。職場の懸垂大会に参加したことがあるが、健二がナンバーワンだった。ちなみに三回で落ちた一樹はビリである。

それにしても、学校の訓練ではスムーズにできていた出場準備が、本番でできなかったりするのが情けない。火災現場に行っても、訓練と違ってうまくいかないことが多かった。緊張しすぎが原因の一つだと一樹自身は分析している。

炎を見ると、どうしても身体がすくんでしまう時があるのだ。いつなんどきでもそうなのではなく、ふとした瞬間に燃え盛る炎を直視してしまい、頭が真っ白になってしまう。一種のパニックなのかもしれない。

このことは誰《だれ》にも打ち明けたことがなかった。言えばせっかくの消防署出向を取り消されてしまうからだ。

自分の努力で即座に克服するつもりだった。そう、来月までには克服しよう……。

「ミスやぼんやりは絶対避けなきゃならないことなんだよ」

入ってすぐの頃、先輩の一人から注意された。

「一瞬の躊躇《ちゅうちょ》やちょっとしたミスが死に繋《つな》がる職場なんだ。新人だからといって赦《ゆる》されるだなんて、思っちゃ駄目だ」

「はいっ」

もちろんそんなことは夢にも思っていなかったが、口ごたえはしないと決めている。

(よし！　やるぞ！)

目をつぶって自分で自分にエールを送るうちに消防車は道を曲がった。一樹は顔を上げて窓外に流れる景色を見た。見覚えがある。

「……あれ？　ここって……まさか」

思わずひとりごちてしまった。この道は確かに自分のアパートの近くの道だ。館内放送で住所を聞いたはずなのに、家のすぐ近くだということに一樹は気づかなかった。

もう一つ角を曲がった途端、フロントガラスの向こうが明るく見えた。炎だ。

「うわ、まじで……」

一樹は思わず頭を抱えてしまった。燃えているのは、一樹の住むアパートだったのだ。

消防車が停止した途端、中から飛び出す。永田が役割を振り、一斉に動き始める。揺ぎのない正確さで、消火活動は開始された。

新米の一樹は後方でホースを管理する仕事だった。

(嘘《うそ》だ、嘘だぁ、誰か嘘だと言ってくれ……)

重いホースに息が上がる。

「おい！　ホースを引っ張るな！」

健二の怒号が飛んできた。

「はいっ！」

一樹も負けずに怒鳴りながら、ホースを弛《ゆる》ませる。

燃え盛る出火場所は自分の部屋の真下だった。先輩の消防隊員三人はそれぞれノズルを軽々と扱い、最良の位置にスタンバイした。

一番さまになっているのは健二である。勅使河原健二、二十五歳。鍛え上げた肉体は防火衣の上からでもよく分かる。彼はいつも独りで黙々とトレーニングを積み、全体訓練となると一番真面目《まじめ》だった。

健二は肉体の鍛錬に余念がなかった。スポーツジムにも通うし腹筋やスクワットを毎日何百回も行っている。地上七メートルの高さの塔と塔の間に渡したロープを腕の力と背筋だけですいすい渡って、署内どころか市内ベストのタイムを叩き出したのは今でも語り草だ。

ホース内に水が流れ込み、鉄のように硬く膨らんだ。準備が整ったのだ。

「放水開始！」

「放水開始！」

号令により消火活動が始まる。延焼を防ぐために上下左右斜め上にも水が浴びせられる。二階にある一樹の部屋の窓ガラスも水圧で割れた。

中はたぶん水浸しだ。買ったばかりのスーツもパソコンもノート類も炊飯器も、何もかもが駄目になってしまうかもしれない。レポートも、住所録も、メール環境も……。

「おい後ろ！　もっとしっかり押さえろ！」

「はいっ」

はっと我に返った。

（そうだ、どんな時でも私情は禁物。僕たちは消火活動のプロだ！）

中隊長に怒鳴られ、一樹は身を引き締めた。

（任務遂行！）

心の中で叫んで、重いホースを保定し続ける。

ホースの先端を持つのはさっき自分を叱《しか》った健二だ。水圧にも負けず軽々とホースを動かし、火元にヒットさせている。もう少しすると、中に飛び込んでいくはずだった。

健二は恐れ知らずのファイヤーマンとして署内でも有名な存在なのだ。ヘルメットを脱いだ健二は、火災を見に来た人たちの目をいつも釘《くぎ》づけにする。学校や企業に呼ばれて行

く消防訓練でも、女たちの熱い視線を独り占めしていた。

健二はギャラリーには見向きもしなかったが、ひときわ目立った。彫りの深い横顔にベリーショートの髪、男らしい眉《まゆ》の太さ、目は切れ長で涼やかで、しかも全身が瑞々《みずみず》しい筋肉でできている。先輩たちに連れられてバーに行くと、いつも健二が一番モテた。

だが健二はいつも女たちの手には乗らない。酒は強いが、飲めば飲むほど物静かになる珍しい性質《たち》なのである。他人を必要以上に寄せつけない感じは、磨き抜かれた鋭いナイフのように思えた。

一樹は健二の逞《たくま》しい背中を見ながらホースを持ち続けた。できることならあんなふうに力強く消火活動をしたい。

もっとも、今の一樹は一生消防隊員でいるわけではない。研修を終えたら一旦総務省に戻り、そして別の道を歩むことになるだろう。

他の消防隊員は「どうせ腰かけでしょ」と後ろ指をさしているらしい。だがそれは違う。そんなふうに投げやりに考えたことなど一度もない。ほんのひと時の消火活動研修だからこそ、できるだけ早く、他人から認められる水準まで達したかった。

根が素直な一樹は、「勉強しろ」と言われれば素直に勉強した。国立T大をトップクラスの成績で卒業したのは六年前だ。父親の希望通り、大学四年次に国家公務員I種試験に合格。面接を経て晴れて総務省の官僚となった。

　普段は跡継ぎに厳しく接している一樹の父親も、これには手放しで喜んだ。一樹は両親に呼ばれ、客間でねぎらいの盃を受けた。部屋は畳を替えたばかりですがすがしい匂《にお》いに満ちていた。父は床の間を背にして上機嫌だった。

　ワンピースにエプロン姿の母は少し下がって正座し、控え目にほほえんでいた。だが一樹が慣れない酒を飲みほして盃を置いた途端、父は牙《きば》を剝《む》いた。

「だが、お前の交際相手は感心しないな」

　一樹はぎょっとした。

「だ、誰のことですか」

「木村多恵子《きむらたえこ》。多いに恵みに子だ」

　他人よりかなりオクテな一樹だが、初恋の真っ最中だった。多恵子はよく行く定食屋のアルバイトの女の子で、奨学金をもらって大学に行っているという。

　いつ行っても気持ちよい接客なのが、彼女の裏表のない性格そのままな気がして、いつも目で追っていた。

　いつの間にか彼女もこちらの目線に応《こた》えて笑顔をくれるようになり、言葉を交わすようになり、そして休みの日に待ち合わせて出かけるようになった。

偶然趣味が同じだったのだ。多恵子も美術館巡りが好きで、中世ヨーロッパの絵画を中心に都内の企画展を次々攻めていた。

ほんの小さな芽から大事に温めて育ててきた初恋だった。まだ手を握っただけだ。

それがここ数日、彼女は店に姿を見せていない。珍しい無断欠勤とのことで、定食屋のおかみさんも「風邪《かぜ》でもひいたのかねえ」と戸惑《とまど》っていた。

一樹は息を呑んだ。

「父さん……まさか……多恵子さんに何か言ったんじゃ……」

母が目を伏せる。父が一層渋い顔になった。

「お前の交際相手なあ、ちょっと調べさせてもらった。なにせ相沢家の嫁になる人間かもしれないから、家柄を確認しなければならないと思ってな……」

一樹が黙っていると、父は腕を組んで言葉を続けた。

「都営住宅に住む母子家庭だそうだな。父親はもともと既婚者で子どもを認知していないから父親空欄、彼女の他にグレて酷《ひど》い状態になってる弟が一人。母親はまだ保険外交員を続けているらしい。父方の家系からは認められず、母方の家系もぱっとしない。そんなところだな。政治家の妻としては論外だ」

自分がまだ知らないことまでぺらぺらと喋《しゃべ》る父親を前に、一樹は呆然《ぼうぜん》とした。いつの間にそこまで調べたのだろう。

　基本的には父親を尊敬しているが、まさかこんな非道な調査をする人だとは思ってもいなかったのだ。

　普段はいかにも有能な政治家らしく、さまざまな境遇の人に分け隔てなく笑顔を向けて聞く耳も持っている。それが身内に関係してくるとなると途端にこれだ。頭で分かってはいたが、本音と建て前の違いすぎに一樹は吐き気がした。

「そういうわけで、あの女と付き合ってはならない。これはお母さんと私の結論だ。悪いが彼女にはカネをやって、働き先を変えてもらった。携帯も変えてもらった」

「えっ？」

「悪いことは言わないから、お前は勉学に励み、もっといいところの女と付き合え。選挙区内の旧家の大地主か大きな組織のオーナーの娘か、どちらかだ。これはお前のためを思って言っていることだぞ。母さんも同じ意見だ。なあ」

　母が神妙な顔をして静かに頷《うなず》く。母は地元からスタートした通販会社のオーナー社長の娘で、その通販会社は全国展開を無事終えてとっくに東証一部上場を果たしている。多数の従業員を抱え、今は選挙基盤として充分機能していた。母を引き合いに出され、一樹は何も言えなくなってしまった。

それに、親に口ごたえをするのは自分のポリシーに反する。親は敬うものだと当然のように思っていたし、ずっとそう育てられてきた。

多恵子のショックと哀しみを思うと胸が痛んだ。

一樹はやり場のない怒りをグッと抑えようと、怒りで震える両手を拳《こぶし》にして膝《ひざ》の上に置いた。だが、自分の中で「当然だ」と思っていた両親への敬意が音を立てて崩れてゆくのをあの時はっきりと感じた。

その数年後、当選五回の実績を持つ父親が新内閣の総務大臣に就任することになった。

親子で同じ省庁になるのはマスコミの好餌《こうじ》になるかもしれないという危惧《きぐ》を抱いた父親が、事務次官と相談して一樹を消防庁に出向させることにした。特殊な例ゆえ、通常なら消防署に入ってから消防学校に行くところを総務省の出向という形で学校に行かせてもらった。

とりあえず消防学校に入った時点で、一樹は家を出て、一人暮らしを始めた。

親の敷いたレールに従うのはこれっきりだという思いを決して忘れたくない。新しくアパートを借りて自活することで、本気で決別しようと胸に誓った。

今盛大に燃えているのは、記念すべきそのアパートだったのだ。

現場検証によると、火事の原因は漏電ではないかということだった。というのは、激しく燃えた形跡のあるコンセントが見つかったからだ。

延焼は一樹の部屋とその隣の部屋だ。一番の被害は一樹の部屋で、ほとんどの物が燃えるか水びたしかで使えなくなってしまっている。

一樹たちは、汗まみれになった身体を消防車のシートにぐったりと預けて帰路に着いた。今回の火事は派手に燃えたわりにはマルキュウ（要救護）もマルイチ（死者）もいない。部屋は燃えたが不幸中の幸いと言える。

消防署のガレージで使った道具類を整備し、二階にある食堂兼休憩室に入る。そこで初めて、一樹は燃えたのが自分の部屋の真下であることを永田中隊長に報告した。

「なんだって？　じゃあ、お前は寝る場所がなくなっちまったのか」

「そう、ですね。そういうことになります」

隊員たちの視線が一樹の背中に当たる。しばしの沈黙の後、中隊長が両手をパンと打ちあわせた。

「よし、分かった。今日からしばらく、相沢君は三、四階の独身寮に入ってもらおう。どのみちあのアパートでは二度と寝泊まりできないだろう」

交通の便の良いところでは安価に住まいを借りられず、苦肉の策で消防署の真上に独身寮を載せて建ててあったのだ。防音完備の賄い付きである。

「でも、個室が空いてないッス」

独身の消防隊員がすかさず答えた。つい先日、他の消防出張所からの入居希望者を入れてしまったばかりだった。

「仕方ないなあ……相部屋にしてもらおうか。おい、勅使河原。お前んところは確か二段ベッドが残ってたよな」

勅使河原と聞いた途端、一樹の鼓動が激しくなった。健二がゆっくり顔を上げ、こちらを見る。

どういうわけか、初対面の時から健二はこちらを目の敵にしている。それはこの場にいる全員が感じていることで、他の人からたびたび「二人は喧嘩《けんか》でもしたの？」と聞かれていたのだ。

危ないことも含めて経験豊富な健二と、幼稚園から私立校で跡継ぎとして大事に育てられた箱入り息子の一樹。同じ仕事をする男でも二人は全然違う。一樹が血統書付きの愛玩《あいがん》猫なら健二はしなやかで美しい野生の狼だ。

他の隊員から聞いた話によると、健二は昔から消防隊員になりたかったのだそうだ。高校卒業後すぐに消防署に入り、熱心に消防活動を行ってきた。最近では特殊救助や水難救助の資格まで取っている。

苦労人だと聞いたこともある。子どもの頃に父親を病気で亡くし、早く社会人になりたかったらしい。いろいろな苦労をした、消防の仕事に就いた時、やっと自分の好きなことができると喜んでいたと人づてに聞いた。

だが、そんな健二が初対面の時から一樹を嫌う理由は分からなかった。

（どこかで会ったことがあるのかなあ？　僕のことを実は知っている……とか？）

確かに自分も、ずっと前に健二と会ったことがあるような気がした。

（どこでだろう……？）

健二のプロフィールを追って、二人の接点がありそうなことを探ってみる。何ヶ月もかけて考えてみたが、二人の接点はやはり思い浮かばなかった。

自分があまりにも恵まれた人生を歩んでいるせいなのかと結論づけようとも思った。接触がほとんどないのだから、そのくらいしか原因が思い当たらなかったのだ。

「とりあえず勅使河原の部屋に入れてもらおう」

「俺は嫌です」

健二が即答する。中隊長は手のひらで健二の言葉を制した。

「これは上司からの命令だ。相部屋になって、先輩としてカズともっと仲良くするように。いいな？」

一樹は身の縮む思いがした。順風満帆の一樹にしてみれば、おっかなくてとっつきにくい健二との共同生活は人生最大の難所と言ってもいいくらいだ。

「……すみません。よろしくお願いいたします」

お手柔らかに……という思いを込めて頭を下げる。健二は明らかに面倒くさがっていた。広い肩でため息をついて、ふてくされたように立ち上がる。

「しゃあないな。じゃ、来いよ」

いきなり大股《おおまた》で歩き出した。一樹は慌てて背中を追った。身長百九十近い大男は歩くのも早く、一樹は小走りになる。

健二の部屋は確かに二人用だった。ドアを開けて左側に二段ベッドがあり、右側に木の机が二つ並べてある。綺麗《きれい》に片付いていた。

「寮に入ったということは、お前も交替勤務になったということだ」

あっと思った。一樹は今まで「毎日勤」といって、朝出勤してきて夜アパートに帰っていた。それが「交替勤務」に自動的に変更されたということだ。

交替勤務とは署内の消防士を二手に分け、丸一日の勤務を一日おきに行うやり方だった。つまり、午前八時半の大交替からスタートして、翌朝の大交替まで出場に対応するのである。その間、消防署の制服をずっと着たままだ。

制服は濃紺またはオレンジの上下ツナギで、ひと目で分かるよう、背中にFIRE Dept.（消防署）の文字が縫いつけてある。

翌日は一日休みで、それ以外に土日に個別順ぐりに休みが入る。丸一日ぶっ続け勤務だから肉体的にはきついはずだ。

（僕に務まるだろうか……）

一抹の不安が頭をよぎる。

「まあ、慣れるまでは大変だろうな」

こちらが何も言わないのに健二が先回りして答える。

「この寮は、全館同時に出場命令が入っちまう。でも、非番の人間は寝てていい。それに慣れるまでは落ち着かなくて、いちいち目が覚めて寝られなくなるが、慣れてしまえばなんてことはない。やがて、今日は非番と頭にインプットしただけでぐっすり寝てられるようになる」

言いながら目の前でいきなりTシャツを脱いだ。

「あっ」

思わず声が出てしまった。訓練や筋トレで作り上げた見事な肉体美なのだ。まるで彫刻のような筋肉だった。

健二が下着やタオルの準備をし始める。

（ああ、なんだお風呂《ふろ》か……）

一樹は胸を撫《な》でおろした。動悸《どうき》がおさまらない。女のように頰《ほお》が火照《ほて》ってしまってちょっと恥ずかしい。

「寝相は？」

急に聞かれて、一樹は一瞬なんのことだか分からなかった。

「寝相は悪いのか？」

「たぶん、悪いです」

一樹はよく考えて返答した。自分が寝ている様子を見たことはないが、朝起きると頭と足の位置が入れ替わっていたことが何度かある。

健二は無表情のまま自分の使っていたシーツを引きはがし、上段のシーツと寝具を下段に移動した。

「あ……」

僕、やりますという前に全部終わってしまった。風呂の支度一式を持って、健二が脇《わき》を行き過ぎる。すれ違いざまに無表情のままポツリと言った。

「落ちると危ないからな」

「あ、ありがとうございます！」

一樹は勢いよく頭を下げた。思いがけない人から思いがけない気を遣ってもらって、ひどく嬉しい。

「これからもよろしくお願……」

健二の声が言葉の続きをぴしゃりと抑えた。

「おい、俺になつくなよ。俺はお前が嫌いだ！」

扉をバタンと閉め、行ってしまった。一樹は独り取り残された。

火事があったり相部屋になったり、目まぐるしすぎて今日一日でとても疲れてしまった。おまけに消防署は警察署のはす向かいで、一日中落ち着かない感じがする。住宅街で過ごしていた一樹にはこのザワザワした感じがどうもしっくりこない。

一樹は綺麗に整えてもらったベッドにそっと腰かけた。

枕元《まくらもと》に何か置いてあるのが見えた。手に取ると、きちんと畳んだタオル数枚と開封していない下着のセット、携帯歯ブラシのセットだ。

何も持たずにここに来た一樹にはとてもありがたい心使いだった。新米の入浴は一番最後だが、今のわずかな時間で準備しておいてくれたのだ。

「案外いい人なのかもしれない……」

頬にあてると滑らかなタオル地が心地よい。日なたと洗剤の匂いに気持ちが和んだ。

＊　＊

「う……ううぐ……」

頬が焼ける。いつの間にか荒れ狂う炎の中に置き去りにされ、ひざまずいていた。

「どなたか！　どなたかござりませぬか！」

立ち上がった途端、裾《すそ》を踏んでよろけた。

夢の中の自分は着物に帯刀の侍だった。ずっしりと重い衣装を着ているので身動きが軽やかではない。

建物の構造が分からない。一番よい退路が分からない。逃げ遅れたのかもしれない。

「もう駄目だ……無念……」

ガックリと両手をついた。それにしてもどうして自分は火の中に取り残されてしまったのか分からない。状況が呑み込めない。

遠くで誰かが呼んでいる声がした。荒々しく床を踏み鳴らしながら次第に近づいてくる。

ああそうだ。文箱《ふばこ》を取ってこいと言われたのだ。

「殿のおおせです」

他の小姓にそんなふうに言われた気がしてきた。でも「殿」って……誰？

ダンダンダン！

激しく廊下が鳴って、足音が近づいてきた。唯一燃え始めていない襖《ふすま》が勢いよく開く。

そこにはきらびやかな火消装束を纏《まと》った大男が立っていた。

「殿さま！」

はしたないほどに甘い悲鳴を上げ、夢の中の一樹は夢中になって立ち上がる。

「どうしたマサ。何を怯《おび》えておる。しっかりしろ！」

マサと呼ばれて身体の芯《しん》がとろけそうになった。あれほど恐ろしかった炎が、実はさほどのものでもないように思われてくる。

「殿さま、火が、火が恐ろしゅうございました」

「何をたわけたことを。そなたは礒貝《いそがい》家の嫡男であろうに。さ、立ち上がってここから立ち去るのだ。ここは危ない」

「でも、恐ろしくて歩けませぬ」

わざと甘えてみる。すぐに肩をグッと抱きしめられた。殿さまと呼ばれた男のきらびやかな防火頭巾《ずきん》は顔を覆い、目だけしか見えていない。

「愚か者め。火が怖い者は火消をしてはならぬのが、分からぬのか」

頭巾の陰に強い光を放つ目が見える。その形が一樹の心を激しく揺さぶった。

（……この切れ長の一重……いつ見ても素敵な目）

殿の目は眼光鋭く、頭巾で隠れていてもずいぶんな美男であろうことが分かる。

「でも殿さま、私めは、殿さまのお役に立ちたかったのです。こんなふうな足手まといではなく、先陣を切って大事な物を取ってきたかったのです。なのにこの体たらくとは……お家の恥でありましょう」

「愛《う》い奴め！」

ふわりと身体が持ち上がる。一樹はいきなり抱き上げられてしまった。

「殿さま……」

一樹の胸が悦《よろこ》びに満たされた。そして突然思い出した。小姓頭の命で、この屋敷で一番大事な物を取りに行こうとしていたのだ。それは手文庫だった。

「あ、手文庫……」

「心配いたすな。手文庫はもうここにある」

一樹を抱き上げた男の懐が硬く四角く膨らんでいる。

「ああ、ようございました」

「本当に、愛い奴め。夢中でここまで来たのか」

殿は明らかに興奮していた。硬く膨らんでいるのは手文庫だけではなかった。一樹の腰に、袴《はかま》越しの怒張が当たる。

「ああ……殿さま……」

胸の高まりが一樹を切なく発情させた。今ならはっきりと分かる。こんなふうに火災で興奮した殿さまは、その晩とても執拗《しつよう》に私を抱くのだ……。

見つめる目と目が吸い寄せられる。一樹の唇がわななきながら開いた。頭巾を挟んで今唇と唇が合わさろうとしている……。

＊　＊

「おい、おい、起きろ。大丈夫か？」

何度か身体を揺すられて、一樹はゆっくり目を開けた。不思議な淫夢《いんむ》は消え去り、板の天井がすぐ近くに見えてきた。

そこは二段ベッドの下段だった。急いで身体を起こす。目の前に健二がいて、一樹は一瞬混乱してしまった。どうして健二がいるのだろう。

（あっ、そうだ。火事でアパートが燃えて、相部屋になったんだっけ……）

「おい、耳は聞こえてるか？　どうしたんだ。大丈夫かよ」

心配そうな目の色だった。こんなにも優しい顔だったかなあ……と思わずいぶかしんだ。

「僕、夢を……」

「いきなりうなされるわ、わけの分からない寝言は言うわ、こっちがびっくりした」

「す、すみません」

「夢にうなされる方なのか？」

一樹は首を横に振った。

「すみません。あんな夢、今まで見たことなかったし、うなされたこともないです」

もともと寝つきは悪くない方で、アパートでは夢などほとんど見ていなかった。他人と相部屋になって神経が昂《たかぶ》っているのかもしれない。

「おい、勝手についてくるなよ」

注意されたが、結局行く場所ややることが一緒だから、どうしても後を追う形になってしまう。気のせいか、昨日よりは今日の方が目が優しい。一樹の足取りはどうしたって軽やかになる。永田中隊長が心配そうに近寄ってきた。

「大丈夫そうか？」

「はい。大丈夫です」

「そうか、よかった。しばらく寮にいられるな？」

「勅使河原先輩さえよければ、僕は充分です」

二人の会話を聞いていたのか、健二がすぐに割り込んできた。

「なるべく早く出てってくれよ。俺がよく寝らんねえよ」

「おいおい、酷い言いざまだな。お前は先輩なんだから、少し我慢しろ」

永田が健二の肩をポンポン叩く。健二はそれ以上何も言わなかった。

寮内の消防署員はAチーム、Bチームの二手に分かれていた。Aチームが当番の時にはBチームが非番となり、Bチームが当番の時はAチームが非番になる。勤務は丸一日で、朝の大交替で役割チェンジというわけだった。

消防士の朝は早い。夏季は午前六時、冬期は午前六時半に、総合指令室から館内一斉放送が入る。総合指令室とはタクシーでいうところの配車担当だ。一一九番で火事の連絡を受けるのも総合指令室で、ここで地図等を確認し、各分署に連絡が行く。

「全方面一斉呼び出し！　おはようございます！」

当番チームは徹夜だったり仮眠だったりで起きている者がほとんどだ。まもなく大交替で休みに入るから、皆表情が明るい。

ここ高鼻署では、非番チームはギリギリまで寝ている者が多かった。朝の館内放送は充分慣れている彼らの眠りを妨げなかった。

この朝の放送は、無線の定時点検を兼ねている。総合指令室からの無線がきちんと入っているか確認し、入ってこない場合は報告・調整しなければならない。

今朝《けさ》も異常なしだ。起きて洗顔をした後は清掃・食事・交替準備と忙しい。非番だった者はそろそろ起きてきて次の大交替に備えて準備を始める。

「おいちょっと待て」

部屋を出ようとした一樹は、健二から突然呼び止められた。

「ちょっとこっち来い」

行って健二の前に立つと、手が伸びてきた。（ぶたれる！）と目をつぶったが何も起こらない。恐る恐る目を開けてみると、健二が腕章のずれを直しているところだった。

腕章は、洗濯の時に取り外せるようマジックテープでついている。

「腕章はまっすぐつけておけ」

「あ……はい。すみません」

「お前は謝ってばかりだな。それじゃ何一つ真剣に覚えられないぞ」

「……」

「腕章一つと思ってるだろう。だが違う。腕章のような些細《ささい》なことが抜けていると、やがてそれが大きな抜けに繋がる。そうなると我々の仕事は、危険に晒《さら》されることになる。誰かの抜けが原因で、誰かが死ぬかもしれない」

「……」

「毎朝、制服を着た時から、消防士としての自覚を持て。お前みたいに頭でっかちな坊ちゃんからしたら、なんでみんな規律や統一性を大事にするのかさっぱり分からんだろう」

「……はい」

健二がほほえんだ。

「みんなが一糸乱れずキッチリ動く。それはマルキュウの命を救うだけでなく、俺たちチームを危険に晒さないための大事な原理なんだよ。腕章一つでも、そこから崩れることだってあるかもしれない。誰かの命を失ってからじゃ、後悔しても遅いぞ」

「……はい。分かりました」

健二は分厚い手で一樹の肩を叩いた。

「まあ今の話を本気で理解したとは思えないが、とりあえず頑張れ。気を抜くなよ」

そして八時半。大交替の時間だ。

非番チームと当番チームが逆転する儀式である。申し送り事項を確認し合い、非番だった者は丸一日勤務に突入する。毎日勤と呼ばれる日勤署員もここで合流する。

夜勤明けの消防士たちと大交替した後、新たに当番となったチームは持ち物点検、それから事務仕事に取りかかる。

消防士の仕事は意外なことに書類書きや書類整理も多かった。パソコンを使い慣れている一樹は他の者よりも作成が素早く、万年びりだったのが書類作成ではいきなりトップに躍り出てしまった。

普段威張っている人ほど書類作成が苦手なのが面白かった。じっと座ってパソコンに向かうことができないのだ。そわそわと立ち上がって雑談しに行ったり、お茶を飲みに行ったりしてしまう。かと思うと中隊長のように、画面を睨《にら》んで腕組みをしたまま石像のように固まってしまう人間もいた。

健二はと目を転じてみると、涼しい顔をしてキーボードを打っていた。ブラインドタッチの入力はかなり速い。つい見とれていると、向こうも視線に気づいてパッとこちらを見た。

（あっ……ヤバい！）

頬が赤らむのが自分でも分かる。さぼっていると思われたくなかった。

さっきよりもさらに速く、ブラインドタッチで文書を作る。静かな部屋に健二と一樹のキーボードの音が響いた。

「カチャッ」

ほぼ同時に入力が止まった。顔を上げると、向こうもこちらを見た。同時に立ち上がる。ワイヤレスのプリンターの前に一樹が近寄ると、健二も寄ってきた。

音を立てて紙が出てきた。つまんで見てみると、それは一樹の作った文書だった。続けて健二の文書が出てくる。

「タッチの差で負けたな」

思わずほほえんでしまった。だが健二が親しみを垣間《かいま》見せたのは一瞬で、再び気難しい顔をして席に戻っていった。

「ねえねえ、大丈夫？」

隣席の岩倉《いわくら》が身体を斜めにして、小声で一樹にささやいてきた。

「何がですか？」

一樹が小声で返答すると、

「あいつとの相部屋。部屋でもあんなに不機嫌なの？」

「ええまあ……」

「まあ、昔から変わった奴だったけどな。でも、あいつは悪い奴じゃないよ」

「岩倉さん、勅使河原さんとお知り合いだったんですか？」

「ああ。俺は中学の同級生さ」

一樹は身を乗り出した。

「ええっ？」

「俺たちは稲穂市の生まれなんだよ。この消防署だって、小さい頃から消防車を見に通ってたんだ」

「そうなんですか。勅使河原さんは、当時はどんな人でしたか」

「気になるのかい」

「ええ、なにせ相部屋ですから……」

「あいつがなぜ消防士になったのか、カズは話を聞いたんだっけ？」

「はい。確かとても苦労人で、早くお母さんに楽をさせてあげたいということで高校卒業後すぐに消防士になったと聞きました」

「それもあるかもしれないけど、実はあいつ、小さい頃に火事に巻き込まれたことがあるんだよ」

「……全然知りませんでした」

「あいつ、幼稚園の時にボヤを見つけて面白半分に近寄りすぎて、火に巻き込まれて危ない目に遭っちまったんだよ。まあ、昔から火が好きだったんだよな。その時助けてくれた消防士に憧《あこが》れて、今の仕事に就いたというわけさ」

「なるほど」

「その火事は放火だったらしいよ。その時の怖かった体験があるから、健二は放火犯を絶対許さないって言うんだぜ」

火事場を怖がらずに飛び込んでいく気力も、火や放火に対する怒りに任せてのことらしい。

「いつも、負けてたまるかーって怒鳴りながら消火してるんだぜ。もちろん、彼は必ず命令通りに動いてるけど、任務遂行の姿勢が勇敢なんだよ。ああいうのがノズル持ってると、周りの士気が上がるよね」

「僕はそのかけ声、聞いたことなかったです」

「まあ現場は水やらサイレンやらでうるさいからなあ」

単にマッチョな仕事が好きなだけかと思っていた。火や放火に怒りを持っているだなんて、知らなかった。岩倉が一樹の肩をポンと叩く。

「だから心配するなよ。あいつは元々いい奴だから、心配しなくても大丈夫だよ。相性なんかはあるかもしれないけれど、仕事では私情を挟んだりしないはずだ」

「ええ。それはその通りと思います」

「火災予告。入電中！」

一斉に立ち上がる。見事なくらいの瞬発力だった。今度は一樹も負けていない。隊員の流れに乗って階段を走り下りた。

「出火！　稲穂市堀之内《ほりのうち》五丁目、十六番地三号、一軒家から出火！」

消防車はけたたましいサイレンを鳴らしながらすぐに出発した。今度は遅れを取らなかった。中隊長が親指をグッと立てる。一樹も笑顔で親指を立てた。

現場は曲がりくねった小道の奥にある一軒家だった。表通りに消防車を停め、水栓を確保してからホースを長く伸ばす。

仰々しく出場したわりには今度の火事はすぐに消えた。燃えたのはガレージに置いてあるバイクに被《かぶ》せたカバーで、不審火ということだった。

健二がヘルメットを脱ぎ捨てた。

「畜生め。放火か！」

言いながらぐるっと周囲を見渡す。放火犯は消火活動をどこからか眺めていることが多々あるからだ。

健二はギャラリーの顔を一つ一つ目で追った。一樹もそれにならって一人一人を観察した。怪しい人物はいないようだ。何食わぬ顔で潜んでいるのかもしれない。

そうこうしているうちに警察が来た。パトカーと覆面パトカーが一台ずつ、消防車の後ろに停まる。

警官の他に降りてきたのは健二と同い年くらいの刑事だった。長い睫毛《まつげ》が全然嫌味にならない綺麗な顔立ちをしている。冷酷に見えない程度に薄い唇は、形よく整っている。

その男がしゃがんでボヤの現場を検分し始めた。

「うーん。こりゃ、見るからに放火だなあ」

現場を見た途端、その刑事が言いきった。健二がそこに近寄っていく。ホースの片付けをしていた一樹は思わず手を止め、耳を澄ませた。

「よお、ケンちゃん」

先に手を上げたのは刑事だった。健二は途端に渋い顔をした。

「おい。ふざけてないでちゃんと調べてくれよ」

「調べるまでもねえよ。火元はバイクのカバーで、他に火気なんて何もないんだしな」

「まあそうだが……」

ちょうど通りかかった永田中隊長を呼び止め、一樹は小声で聞いた。

「ああ、あの刑事さんか。彼は刑部君《おさかべ》といって、捜査一課の刑事さんだ」

「勅使河原先輩の知り合いなんですか？」

「うん。確か、健二が行ってるスポーツクラブの仲間だよ。二人ともスカッシュをやっていてたまたま知り合ったらしい。火災現場で何度も会ってると知ったのはその後だって。今は飲みダチだってよ」

スカッシュはかなり激しい運動で受講人数が極端に少なく、対戦をする相手がなかなか見つからない。健二とあの刑事はちょうどいい相手なのだそうだ。

一樹は相変わらず聞き耳を立てながらヘルメットを脱いで、髪に風を入れた。頭も身体も蒸し風呂に入ったみたいにぐっしょりだ。

一樹の白い顔を、刑事が目ざとく見つけた。

「なああ、あれは新入り？」

健二は一瞬嫌な顔をした。

「……そうだよ」

刑事は顎《あご》に手をあててニヤニヤし始めた。

「いいじゃん。すごくいい」

「おい功《こう》、やめろよ。悪い癖だぞ」

健二が声を荒らげるのもどこ吹く風で、刑事は一樹の様子を上から下まで見つめる。

「いいじゃんいいじゃん。あのほっそりした腰つきといい、卵型の顔といい、頬や首筋の肌といい……ふうむ、身体の肌もきっと綺麗だぞあれは。体毛も薄そうだ」

「おい！　やめろって！」

健二が肩を引っ張ろうとしたのをスルリとすり抜け、刑事が一樹のもとに近寄ってきた。

「やあ。君は新人さんなんだね。俺は警視庁捜査一課の刑部功。はい、これ名刺」

人差し指と中指で挟んだ名刺を一樹の目の前ににゅっと出した。

「ありがとうございます。あいにく僕は名刺を切らしておりまして……」

「いいんだよ。消防士の仕事中なんだから、俺のを受け取っておいてくれれば」

空いた手で素直に受け取って内側の胸ポケットに入れようと上着の裾をまくった。功はその様子をじっと見ながら、話しかけてきた。

「ねえねえ、今度俺と飲みに行かない？」

「えっ？」

健二がいきなり割り込んできた。ゆでだこのように顔を赤くしている。

「おい功！　いい加減にしろよ！　ほら、カズ、行くぞ！」

「えっ？　ええっ？　ちょ、ちょっと先輩！」

一樹の腕をぎゅっと摑《つか》んで自分の方に引き寄せ、歩きだした。わけが分からず一樹はついていった。大股《おおまた》で歩きながら健二が怒鳴る。

「あんな刑事なんてほっとけよ。なんで相手するんだよ」

「えっ？　相手も何も……まだ何も話してませんよ」

後ろを振り返ると刑部功が目ざとく手を振ってきた。一樹は目礼してから健二を見た。太い眉が怒っている。

「勅使河原先輩、どうしたんですか？　僕、事情が分かりません」

健二は消防車の脇まで一樹を引っ張っていき、初めて向かい合った。

「お前は、あの男に目をつけられたんだぞ」

「僕、何か悪いことをしましたか？」

「馬鹿、違うよ。ナンパされたんだよ。お前がスキだらけだから、つけ入れられたんだぜ」

「えっ？　だ、だって向こうも僕も、男ですよ」

「男同士だって、やる時はやるんだよ。とにかくあいつには気をつけろ。手が早いからな」

真剣な口調に一樹は息を呑んだ。

「まさか……」

「そのまさかが危ないんだ」

「わ、分かりました」

「まったく……お前もしっかりしろよ。誰彼かまわず愛想を振りまくな」

ぶつぶつ言いながら健二が去る。なんと言ったらよいか分からず、一樹は後ろ姿を目で追った。


中一日置いて次の交替勤務の日、署内で事務仕事をしていると刑部が飛び込んできた。仕立てのよいスーツを颯爽《さっそう》と着こなしていて、とても刑事には見えない。健二はちょうど席を外していた。

「よお、カズちゃん。元気?」

「こんにちは」

「名刺もらいに来たよ」

建物が近いんだから、これからも仲良くしようなどと言ってきた。

「はい。これです」

一樹はデスクの引き出しから一枚取って刑部に手渡した。いきなり耳元に唇が寄ってきた。セクシーな仕草にドキッとする。

「あのさ、仕事用じゃなくて、プライベートのをちょうだいよ。職場以外でも連絡を取るかもしれないからさ」

身体からほのかにミントの匂いがした。携帯メールアドレスの入ったものを渡すと、彼は名刺入れに大事そうにしまった。

「あのう……昨日の火事なんですが、やはり放火ですか？」

「ん？　ああ。放火だね。間違いない」

「いったいどういう……」

突然、館内放送が響き渡った。

「火災予告。入電中！」

皆が一斉に立ち上がった。

「稲穂市で出火！　稲穂市仲町《なかまち》二丁目、十番地一号、仲町小学校裏手より出火」

一樹も階段にすっ飛んでいった。二段跳びで下り、手早く防火衣を着る。準備を済ませ、消防車に乗り込んだ時にはもう健二は座っていた。

（やっぱりかなわない）

今回は会心の速さだと思ったのに……。なかなか追いつけない。

火災はホースを出すまでもなかった。建物の裏手、ちょうど掃除用具入れと焼却炉の間にある段ボール置き場から火の手が上がったのだ。

通報した時には火柱が上がっていたと言うが、消防車が駆けつけた時には可燃物はほとんど燃えた後だった。健二は備えつけの消火器を使って手早く鎮火してしまった。

明らかに放火だった。

(こないだのと同じ奴だ！)

一樹の直感が訴えてくる。背中に視線を感じて周辺を観察し始める
先生と、居残りの生徒と、近隣の人たち……。視界の隅に青白い顔が入り込んだ気がして顔をそちらに向けたが、そこにはもう誰もいなかった。

「くそぅ！」

健二が消火用グローブを脱いで地面に叩きつけた。

「愉快犯なのか何なのか知らねえが、胸糞《むなくそ》悪い奴だ！」

＊　＊

次の非番の夜、一樹はまたあの夢を見た。

夜のようだった。かなり暗い部屋に、行燈《あんどん》の火だけが揺らいでいる。

一樹は浴衣《ゆかた》のような着物に柔らかい帯を締め、琴の前に正座している。懐から鹿革の巾《きん》着《ちゃく》を出し、中から琴の爪《つめ》を取り出して指にはめた。

左の手で糸を押さえ、右の指で爪弾《つまび》き始めた。静かな部屋に美しい琴の音が響く。胸のときめきを抑えながら曲を弾き続ける。これから行われることで頭がいっぱいになりそうだ。気のせいか、音色まで悦びに打ち震えて聞こえる。

ちらりと次の間に目をやると、分厚い夜具が敷きのべられていた。前回あの布団の中に入った時には、この身がトロトロに溶けるまで愛され続けた。

その時の感覚が肌にじわじわと蘇《よみがえ》ってくる。股間《こかん》の恥ずかしい器官が次第に持ち上がってきた。

すっと音がして、背後の襖が開いた。一樹は身を硬くして耳をそばだてた。行燈一つの部屋はかなり暗く、おのれの手元しか見えない。

「お前は今宵《こよい》も麗しいな」

耳たぶに熱い吐息がかかる。強く抱きすくめられてしまった。

「何度抱いても抱き足りない」

「あ……」

この匂い。白檀《びゃくだん》と麝香《じゃこう》と温かい肌の匂い。喉《のど》が震えてしまう。鼓動が激しくなり、目の前が暗くなってきた。

「おいたが過ぎます。このようなところで」

「お前の愛らしさのせいだ」

細い首筋に唇が押しつけられた。

（ああ……この声……腰に響く）

「今宵も可愛らしい声で啼《な》いてみよ」

熱い手のひらが、下半身でたぎる部分をいきなり握った。

「ああ……お、殿、さ、ま」

「よしよし。ちゃんと言いつけ通り、下のものをつけずにおるな」

一樹は初めて気づいた。確かに下半身に下着をつけていなかった。一樹のそれは恥ずかしくも屹立《きつりつ》し、先端に先走り液が滲《にじ》み始めている。

「ああ、お前が憎らしい……。何故《なにゆえ》にこんなにも儂《わし》を魅了するのか」

「そ、そんな……あ……」

肉幹を握った手が包皮ごとゆっくり上下し始めた。自分でするのとはまるで違う破廉恥な快楽に一樹は喘《あえ》ぐ。もう片方の手が前合わせから中に忍んできた。裸の胸に指が触れ、そっとなぞり始める。

「この肌……しっとりと吸いつくような練り絹のような……小姓の中でもこのような肌を持つ者はそうはいないぞ」

小さな乳首はとっくにそそり立っていた。それを指の腹でこすられ、同時に怒張をしごかれてしまった。

淫《みだ》らな快楽に、とうとう箏曲《そうきょく》を奏でることができなくなった。今すぐにでも布団の上に身を投げ出してとろけてしまいたい。

「ああーっ」

琴の上に伏せようとした身が、後ろからすくい上げられてしまう。軽々と抱き上げられ、次の間に運ばれてしまった。

布団の上に放り投げられたと思ったら、帯の結び目に手がかかった。シュルシュルと衣ずれの音がして腰回りが緩くなった。

「ああ、このままお前を殺してしまいたい」

襟元に手がかかり、着物を一気に剝《は》がれてしまう。むき出しの背中に熱い肌の重い身体が乗ってきた。

「儂だけのものになれ」

根元をギュッと握られる。

「ああ、私はもう、殿さまだけのものでございます」

「嘘をつけ。おぬしのここに触れるのは、儂だけではないだろう。ん？」

「い、いいえ、滅相もない。殿さまだけでございます」

「いいや、おぬしは自分で自分のここを慰めているだろう」

「……」

「命令だ。儂がお前の精汁を絞るまで、お前は絞ってはならぬ」

強く握った手がゆっくり上下し始めた。乳首をいじる指先も円を描くように一樹を愛撫《あいぶ》する。二つの快楽が腰のあたりで渦を巻き始める。先端からは先走りの汁が甘い痺《しび》れを伴って二度、三度、漏れた。

「ひ、酷い……焦《じ》らされて……」

「何が酷いものか。おぬしが悪いのじゃ。おぬしのその顔が、儂を淫らにさせる」

首筋に唇があたる。母猫が子猫を舐《な》めるように、分厚い舌が首筋を撫でる。

「はぁ……ン」

恥ずかしいほどに「欲しがっている」声が出てしまった。先走りの汁はもうほとんど尽きかけていて、もっと濃い本気の汁が管を上ってきてしまっている。

（汚してしまう……出てしまう……）

手でいかされてしまうことは、何度経験しても恥ずかしかった。他の人には見せられない姿だとも思う。

内股《うちまた》が何度となく引き攣《つ》るのを指先が感じ取ったのか、一樹の耳元で声がした。

「もう出そうなのか。好き者め。まだ早いぞ。まだ出してはいかん」

手がスッと引いた。射精寸前まで昂っていた身体がいきなり突き放されてしまった。

「あぐぅ……」

思わず呻《うめ》いてしまう。緊張していた四肢から次第に力が抜けた。

入れ替わりに、肌よりもさらに熱い部分が尻《しり》の間にじわりと押しつけられた。

（ああっ！　来る……）

喉がひりひりした。

思えばこの瞬間を待ち続けていたのだ。きつく締まった部分をこじ開けるようにして、力強く侵入してくるもの。内側から私を壊し、めくるめくような高みにいとも簡単に持ち上げてくれるもの……。

硬くすぼまった部分が無理やりこじ開けられようとする。痛みに対する軽い恐怖と、一つになれるという悦びとが一樹の肉体を戦慄《せんりつ》させた。

「ああー」

二度、三度、すぼまりをこじ開けて貫こうとしているのを、一樹は歓喜に震えながらじっと待った。数回試した後は本気の突きがすぼまりを襲う。

（来るっ）

尻のあわいに痛みが走る。獲物を狙《ねら》う蛇のように、割って入ってきたのだ。

「ああーっ」

＊　＊

自分の声で目が覚めた。そこは二段ベッドの下段、薄暗い健二の部屋だった。

ゆっくりと身体を起こす。興奮したせいか汗びっしょりだった。股間も痛いくらいに勃《ぼっ》起《き》してしまっている。

一樹は耳を澄ませた。ギシッと音がして健二が寝返りを打った気配がする。その後長いため息が聞こえた。

そのまま息をひそめていると、起き上がった気配がした。

「参った。お前の妙な呻きのせいか、俺も変な夢を見ちまった」

ああ参った、参った、と珍しく動揺している。

「どんな夢ですか」

しばらくの沈黙の後、健二がポツリと言った。

「言えねえわ……顰蹙《ひんしゅく》だ」

「顰蹙な夢なら、僕も見ました。こんな夢、初めてです」

「俺もこんな夢初めてだ。……寝るぞ！」

ベッドを軋《きし》ませて健二が派手な寝返りを打つ。その音を合図に一樹もそっと目をつぶった。動悸がおさまらない胸に手をあてて……。

第二章　ぬれにぞぬれし…

消防署では毎日のように訓練が行われる。火事で出場するより、書類作りや訓練の方がずっと多かった。

訓練にスケジュール表などなかった。大概は中隊長の思いつきでいきなり始まる。中隊長に従って速やかに行動するのも訓練のうちなのだ。

今日の思いつきは放水訓練だった。消防署の裏庭で実際に水を使って消火訓練をする。他にも高所救助とか綱渡りとか梯子《はしご》のぼりとか、あるいはランニング、ストレッチ、腹筋背筋運動など、訓練と称してさまざまな全身運動を日々こなす。すべて命令通りだ。

命令を出す側の永田中隊長は朝から上機嫌で浮かれていた。

「永田さん、何かいいことあったんですかね？」

一樹が支度を終えて隣に立っている署員に話しかけた。

「おお。昨日、飲み会の後に風俗に行ったらしいぞ。その時のお相手がよかったんじゃないかな?」

「は……そう……ですか」

ちょっとげんなりした。また風俗だ。

消防署は肉体的に健康すぎる男の集まりで、時々皆で連れ立って風俗に行っているのは知っている。一樹はそういうのが苦手で、誘われてもかたくなに断っていた。

もっとも出向の身で本来の消防隊員ではないせいか、先輩たちもさほどしつこく誘ってこない。健二もことあるごとに誘われていたが、かたくなに断っているクチだった。彼の場合は元から孤高の雰囲気を携えていたから、拒否も問題なく受け入れられている。

中隊長と一樹の目が合った。その途端、彼は「閃《ひらめ》いた」というジェスチャーをした。

嫌な予感がした。そしてそれは当たった。

「おう、カズ。ノズル持ってみるか」

「えっ……僕ですか」

無理じゃないかなあ……一瞬躊躇したが、気持ちを奮い立たせた。今までより一歩前に出たい。

「やらせてください。やってみたいです」

「いや、コイツには無理でしょう」

ゆらりと立ち上がって健二が割って入る。

「コイツじゃ力が足りない。もっと筋肉をつけてからじゃないと危ない」

やる前から結果が分かっているような健二の物言いが一樹を奮い立たせた。

「僕、やります。やらせてください」

「おい、危ないからやめろ。水圧に負けたら弾《はじ》き飛ばされるぞ」

「大丈夫です。やってみたいんです」

一樹としては、本番ではなかなか任されない仕事だからこそ、訓練で試してみたかった。

健二の背中を見て、「是非やってみたい」と思っていたポジションだ。

「お前は、どうせ出向が終わったらまた総務省に戻るんだろ？　だったら訓練なんて万遍なくやる必要ないじゃないか。適当にちょいちょいやっておけよ」

「いや、せっかくここに来たんですから、やりたいです」

「やめろって。中隊長、やめさせてください」

「おいおい勅使河原、今日はずいぶん食い下がるなあ」

健二は一樹の真正面に立った。

「おい、聞け。これは遊びじゃないんだぞ。俺たちは命がけでこの仕事をしてるんだ。お前みたいな腰かけがチャラチャラできることじゃない」

さすがに一樹もむっとした。

「遊びだなんて、これっぽっちも思ったことないです。僕は与えられたチャンスを最大限に活かすために、経験をたくさんしておきたいんです」

「どうせ役所に帰る奴には、何をやらせても無駄だろ」

「無駄だなんて……。ホース持った経験があるなしで自分がどのくらい変わるかは分からないけれど、この経験が無駄になることは絶対ないです」

「おい、そんなにホースを持ってみたいなら、まずトレーニングジムに通って力をつけてこいよ。ホースの水圧を軽く見るな」

「ちゃんと知ってますよ。一立方センチメートルに数キログラムの負荷がかかります。三十メートル先に届くくらいの水圧なんですから、反動も凄《すご》いです。分かってます」

「お前のその華奢《きゃしゃ》な身体だったら、弾き飛ばされるぞ」

「試してみます。やらせてください」

「まあ、訓練なんだし、案外いけるかもしれないしなあ。五十でやらせてみるか」

五十とは室内消火用のホースの口径で、室外で派手に放水するのは六十ミリ。そちらの方がはるかに水圧がかかる。

「五十だって、手が滑ったら危険だと思う。カズには無理だ」

「お願いします！」

「うーん……何事も経験だからなぁ。水圧も低めにすればいいんじゃないかな？」

健二が呆《あき》れて腕を組んだ。結局、ホースのノズルを持つ許可が出た。一樹は唇を引き締めた。

「勅使河原さんの率直なご意見はありがたいですが、この仕事をするからには、一通り経験しておきたいんです。消防はいくら分業だといっても、相棒の仕事を体感しているかしていないかで、全然違うと思うんです」

「……」

健二は仕方なしというポーズで後方に下がり、ホースを持った。一樹は気を引き締めてノズルと対峙《たいじ》した。

「うっ、重い……」

足腰がふらふらした。

「おい、だからやめろって言ってるだろ。お前の華奢な腰つきじゃ無理だ」

健二が口出ししてくるのを聞こえないふりをして、一歩前に進んだ。

ノズルを両手でしっかり握る。放水の目標となる的に身体ごと向かって腰を低く落とした。

「準備ＯＫ！」

「放水開始！」

「放水開始！」

ぺしゃんこだったホースが一気に膨らむ。ノズルが後ろに引っ張られるような感触を両手で得たと思った途端、太い縄のような水が飛び出した。

想像以上の水圧だった。なぜかノズルが大きく左右に振れようとするのを、一樹は両手で押さえ込んだ。早くも腰が痛い。手が痺れてグローブに力が入らなくなってくる。この間《かん》ほんの数十秒だ。

（まだまだっ！）

歯を食いしばって腰をさらに落とす。ところが二分ほど過ぎると両手が痺れきってしまった。跳ねる水滴で手も滑る。「あっ」と思った瞬間、ノズルが手から跳ねた。地面に落ちた途端に左右に激しくくねり始めてしまった。

「うわっ」

水で膨らんだホースに両脚を薙《な》ぎ払われ、一樹は背中から転がり、背筋をしたたかに打った。バウンドして一樹の脇腹に激しくぶつかったノズルがさらに跳ねて大きく飛び上がり、頭めがけて落ちてきた。

「危ない！」

健二が飛びかかってノズルと頭の間に入った。

「うっ」

ノズルは一樹の頭の代わりに健二の肩を強打した。一瞬の出来事である。

水栓係が栓を閉じる。先ほどまで大暴れしていたホースが嘘のように力を失って、死んだ蛇のようになった。一樹は必死で首をねじって、背中に覆いかぶさった健二に声をかけた。

「勅使河原さん！　大丈夫ですか！」

「痛《い》ってえーー……思いきり叩かれた」

「すみません！　手が痺れてしまって……」

一樹に覆いかぶさった身体がゆっくり動く。健二は痛みに顔を歪《ゆが》めながら静かに立ち上がった。痛みのためか、左腕をブランとさせている。

「だから言っただろう。お前には無理だ。女みたいなその身体つきでは」

「……ごめんなさい」

左肩をしきりに気にして、肩甲骨を動かしては「痛ェ」とひとりごちている。

その晩、健二の肩が熱を持ってひどく痛んだ。頼まれた一樹がTシャツをめくり上げて見てみると、ノズルがあたったところが青黒い痣《あざ》になってしまっている。贅肉《ぜいにく》のない日焼けした背中が台無しだ。

「僕のせいで……すみませんでした」

一樹ががっくりとうなだれると、健二が痛くない方の腕を伸ばして一樹の頭をクシャクシャっと揉《も》んだ。

「まあ、カズが無事ならそれでいいよ」

「勅使河原さん……」

潤んだ瞳で見上げると、健二の表情が急に引き締まった。髪をいじっていた温かい手のひらがスッと引き上げられる。

「だが、いちいち俺になつくなよ。前にも言ったが俺はお前なんて嫌いだし、興味もない。ただ、仕方ないのと後輩なのとで、面倒見てるだけだからな」

「……」

うなだれた一樹に健二が背中を向けた。

「まあ、ちょうどいいから湿布を貼《は》ってもらおうかな」

一樹は顔をさっと上げた。

「はい！」

打ち身の具合をよく見ようと顔を近づける。香ばしい肌の匂いがした。

懐かしいような温かみのある匂いだ。滑らかな肌を思わず指でなぞり、それからどす紫色をした部分に湿布をそっと載せた。

防火衣の背中を憧れを持っていつも見つめていた。だが裸の背中の方がずっと魅力的だ。なめし革のように、強靭《きょうじん》でしなやかな肌……。手のひらで茶褐色の背中を撫で、湿布を貼りつかせようとすると、健二が動いた。

「いてっ。おい、触られると痛いんだから、そっとやってくれよ」

声が笑っている。一樹もにっこり笑いながら、わざと手のひらで湿布を軽く叩いた。

「そういえば先輩って、どうして消防士になろうとしたんですか？　噂《うわさ》では聞いているんですが、先輩の口から聞いたことはなかったので知りたいです」

健二が振り向いてこちらを見た。

「おう、それはな、火事が好きだったからだ。小さい頃から火事が好きで、妙な子どもだった」

「どうして火事が好きだったんですか？」

「さあ。なんでか分からないが、火を見るとワクワクするんだ。それで火災現場に近寄りすぎて、えらい目に遭って……」

一樹も起き上がって自分の椅子に座って、健二と向き合った。

「消防士さんに助けられたんですね？　他の人から聞きました」

「まあ、実際消防士になってみたら、火事が好きとかそんなのんきなこと言ってられなくなったがな」

「消防活動の中で一番大きな出来事って、なんでしたか？」

「やっぱり、八年前の雑居ビル火災だろうな。あれが俺の転機だった」

「どんな火事ですか？　転機っていったい……」

健二が椅子を軋ませながら背中を反らせた。

「あの頃の俺は、消防士として一人前になることばかり考えていたのさ。他人《ひと》に後れを取るまいとして、毎日トレーニングしていた」

一樹はどきっとした。自分の今がまさに同じ状態だからだ。思わず身を乗り出す。

そんな様子に健二は少しほほえんだ。

「その雑居ビルはエレベーターが古くて、しかも火災時には故障してた。俺はその当時、ノズルを持つ役じゃなくて一番最初に現場に踏み込む役をしていた。自分で志願したのさ」

「なぜそんな危ない役に志願したんですか？」

「その当時の俺は、イキがってたんだよ。高校を卒業して消防士になったものの、なかなか思い描いたような手柄を立てられない。だったら先頭切ってマルキュウ（怪我人等）を探して人命救助しようって思ってた」

「凄いですね」

健二は寂しそうに笑った。

「いや、馬鹿だったんだよ俺は。消防士はチームワークだということをすっかり忘れてしまっていた」

一樹は唾《つば》を呑み込んだ。今の自分がまさにその状態だ。チームワークのことよりも、自分のタイムを向上させることに熱中してしまっている。そう言われて改めて考えてみると、現場でも、自分以外の隊員が何をしているのか充分には把握していなかった。

「あの日の俺は、手柄を立てたいと焦ってた。消防学校の仲間に、地震被害のレスキューで表彰されたのがいて、そいつには負けたくなかったんだ」

健二は自分の手のひらを見つめ、開いたり握ったりしながら喋り続ける。

「燃えているのは雑居ビルの三階だった。俺は率先して燃えているフロアに入ろうと階段を駆け上がった」

「……」

「後ろからポンプ隊の男がノズルを持ってついてきた。そいつは入ったばかりで、元々俺の後輩だった。俺が突然飛び込んじまったから、命令されて慌ててついてきたんだ」

「……」

「後輩が後ろから俺に水をかけてくれる。炎に巻き込まれないようにってな。それでいい気になった俺は、三階のドアをいきなり開けた」

風圧と新しい酸素の供給で、炎が爆発した。どうも室内に可燃性のガスが充満していたようだった。それが急激に空気と混ざって爆発したのである。

爆風で健二とホースを持った男は吹き飛ばされ、階段を転がり落ちた。幸い健二は無事だったが、後ろの男は脚の骨を折ってしまった。

「当時の中隊長が激怒した。そもそも俺が勝手に飛び込んでいったから仕方なくホースがついてきた。中隊長は、『俺たちは仲間を見殺しにはできないが、お前みたいな自分勝手なのは仲間でもなんでもない』とまで言いきった。俺はその言葉にショックを受けて……しごく当然のことだから、余計ショックだった」

その事件以降、健二は消防士という仕事にますますのめり込んだ。そしてチームワークに気をつけるようになった。

「集団の中の自分の位置を考えてみると、どうしても救命救急士と特殊救助の資格が欲しい。大型免許も。それで俺は全部頑張って自分のモノにしたってわけさ」

一歩間違えば大事故だったと健二は言う。

「前もっていろいろな知識を持っておくべきだった。それに、異変を感じ取るべきだった」

ドアノブが異常に熱かった、と健二は回想した。

「防火手袋をしていても、分かるんだ。そういう些細なことにもアンテナを立てておくべきだった。後ろを振り向いて、開けるからしゃがんでろと手で指示すればよかった」

どんなに小さなユニットであっても、自分が先行するのであれば後ろの人間の命を預かることになる、という自覚がなかったと健二は言った。

「ひょっとしたら俺は、後輩のあいつを死なせてたかもしれない。そう思うと鳥肌が立った。中途半端な自己満足じゃ絶対駄目なんだよ、この仕事は」

「……僕も反省しないとなりません」

「お前はまだ入って数ヶ月だから、そんなに真剣にならないでもいいんだよ。それに、しばらくしたらまた総務省に戻るんだろう?」

「……」

確かに指摘の通りだ。あと半年もすればまた総務省に戻される。それまでのいわば腰かけなのだ。

だが自分が腰かけだとは認めたくなかった。だから一樹は黙った。

「ま、俺はこの仕事が好きなんだな。一致団結して人の命を救えた時なんて、達成感が本当に凄いんだ。あれを知ったら絶対辞められなくなるかもな」

少し寝る、と言って健二は上段のベッドに戻っていった。

しばらくじっとしていたのだが妙に眠れない。健二も何度となく寝返りを打っていた。

一樹は両腕を組んでしっかりと目をつぶった。

この姿勢が一番寝入りやすいのである。もっとも火災の少ない時間帯ではあるが、それでも放送が入ったらすぐ飛び出せるよう、支度は整えてある。大交替まであと六時間を切った。

＊　＊

そして迎えた非番の夜、また夢を見た。先日の続きだった。裸の尻を殿と呼ばれる男に突き出したまま、一樹は呻いている。

「ああ、お前と二人だけで暮らしたい……」

「またそのようなお戯れを。殿さまには奥方さまが」

「女より男の方がよい。気心の知れた男同士、心地がよい」

先端が尻の間に力強く入ってきた。すぼまりは侵入を許すまいと固く閉ざそうとしている。だが先端の方が強かった。

「あ……ぐ……」

強く押された一瞬、ツルリとした形状が一樹の中に入った。

「熱い……そしてきつい……極上の味だ」

「あ、ああ、殿さま……」

「これを味わったら、他の男は要《い》らなくなる。ましてや女なぞ……」

グイグイと分け入ってくる。一樹は身悶《みもだ》えた。鋭い痛みは去り、今は鈍痛だけだ。

だが剛直が前後に動き始めると、最後まで残っていた痛みは霧散し、その代わりにえもいわれぬ快楽が一樹の下半身を緩やかに包み始めた。

肉幹が深く浅く、一樹を穿《うが》つ。やがて動きそのものが滑らかになってきた。一樹の身体全体がまるで小舟を波で揺らすように揺れる。さらに強い快楽が、下腹部からじわじわと広がってくる。

「いいぞ、塩梅《あんばい》がいい。まるでとろけるようだ」

肉幹が一層深く一樹を突き刺し、一呼吸置いて一気に引き抜かれる。

「ああー」

独特の淫らな感触に一樹の肌が粟立《あわだ》った。自分の屹立がピクンと膨らんで、先走りの汁を垂らす。

「ふふふ、抜かれるのが嫌で締めつけてくるとは、相変わらず好き者よ」

淫らな言葉をささやかれ、先端から先走りが勢いをつけて飛び出した。

「ああ、もう、そのような恥ずかしいことを……」

確かにどこかで聞いたことのある声なのだ。こちらの腹の底をビリビリ震わせるような、低くて甘い声。身体がとろけてくる。

「どれ、今度はこちらを向いてみよ。その可愛い顔を見ながら突いて進ぜよう」

「やだ……恥ずかしい」

いとも軽々と、一樹の身体は仰向けにひっくり返されてしまった。目の前に殿と呼ばれる男の顔がぼんやり現れた。行燈の光は弱く、目鼻立ちはよく分からない。

「しっかりと儂を見よ。見ながら気を遣《や》るのだ」

「ああ……またそのようなお戯れを……」

一樹は目を見開いた。それを合図に殿と呼ばれる男が顔を近づけてくる。

暗闇《くらやみ》に次第に顔かたちがはっきりと見えてきた。

(ああっ！　先輩？)

男の顔は勅使河原健二にそっくりだった。ああ、これは夢だ。自分は健二に抱かれる夢を見ている……。突然そのことに気づいた。

(なんて破廉恥な夢を……)

触れる肌の熱さといい香ばしい匂いといい快楽の生々しさといい、鮮やかすぎてとても夢とは思えない。

「行くぞ」

一樹の両脚を軽々と持ち上げ、左右に開く。そして燃えるように熱い先端を再びすぼまりにあてがった。

一回こじ開けられたそこは再びの剛直をすんなりと呑み込んでしまった。痛みも何もない、あるのはツルツルと滑らかな先端にこすられる心地よさだけだ。

「充分に掘られたここも、よい味じゃ。ねっとりと纏わりついてくる」

先端が一樹を突き上げ始める。

「殿っ！　お許しを……」

めくるめくような快楽に一樹の勃起は射精寸前まで昂ってしまった。

「まだだ。まだ出してはならぬ。我慢するのだ」

「うっ……く……あ」

「我慢しろ。尻を引き締めよ」

一樹は必死になって尻穴を締めた。ところが摩擦感が高まってしまい、ますます快楽が強くなる。射精待ったなしになってしまった。

「殿さまっ！　お許しをっ！　出しとうございますっ！」

「駄目だ！　まだ我慢しろ！」

健二の腰遣いは巧みだった。一樹の内側をゆっくりかき回し、内側の感じるところを圧迫して一樹の官能を強く揺さぶる。我慢もそう長くは続かない。

「う、ぐっ……も、もうこれ以上は……お許しを……」

「いよいよ気を遣るのか。こちらを見よ。儂の顔をじっと見ながら出せ」

「ああっ！　またそのような恥ずかしいことをっ！」

一樹は眉をひそめながらも健二の顔を見た。欲情した目がこちらを凝視している。

(ぐ……辛《つら》い……出したいっ)

腰の動きが単調になった。だが単調だからこそ、イキやすくなる。くり返しの快楽が一樹を高いところに昇り詰めさせようとしている。

身体が縦に激しく揺れた。剛直の出し入れが急にせわしなくなる。一樹は一気に快楽の階段を駆け昇ってしまった。

「あ、ああ、お許しをっ！　もうこれ以上は、我慢ができませぬっ」

「おい、こちらを見ろ」

顎を押さえつけられ、目を覗《のぞ》き込まれる。一樹は見つめられながら腰をブルブルっと震わせた。

「うぐぁっ！」

一樹の先端から恥辱にまみれた精汁が飛び散った。二度、三度と吐精しては二人の腹部を濡《ぬ》らす。健二は射精に合わせるかのように、一樹の中に深々と刺したモノを動かした。こうなると、射精を見て刺激してくるのか、刺激が射精を呼ぶのか分からなくなってくる。

「うぐあーーっ……あっ……ああ……」

両脚を大きく広げたまま、一樹は深い悦びに包まれた。

「見ているぞ。その顔、目に焼きつけておく。愛い奴め」

「……」

最後の一滴まで表に飛び出し、腰がだるくとろけてきた。自力で持ち上げた脚が力を失いゆっくりと下がる。

「まだまだだ。お前のものはほら、まだ硬い」

腰で突きながら健二が股間のモノを握る。射精を終えたというのに一樹のそこはまだ屹立していた。内側からの刺激を受け、瞬時に回復してしまったのだ。

「うぐっ……う……」

再び高みに持ち上げられ、下りてこられなくなってしまう。全身が水揚げされた魚のように勝手に跳ねる。息が苦しい……。

＊　＊

荒い呼吸の音で目が覚めた。全身汗ぐっしょりだ。自分には同性愛の経験などないはずなのに、あの生々しい感触はいったいどうしたことだろう。

起き上がると、上段で健二も起き上がった。

「参ったな……」

心底参ったという感じの声だった。

「夢ですか？」

下から声をかけると、

「ああ」

即答だった。参った、参ったと何度となくつぶやいている。

ひょっとして、同じ夢を見たのではないだろうか。一樹はそんなことを急に思いついてしまった。まさか。でも……。

夢の中の二人は明らかに何度も情を交わしている、いわゆる深い仲だった。本当に妙な夢だ。

＊　＊

金曜の夜は例の刑事に誘われて飲みに行くことになっていた。健二に報告すると、一瞬気難しい顔になったが何も言わない。

快く思っていないに違いない。だが、一樹にとっては初めての刑事との付き合いだから、いろいろと話を聞いてみたかった。

刑部は仕事帰りらしく濃紺のスーツ姿だった。とてもおしゃれで刑事には見えない。聞くと身体にフィットしたオーダーメイドだと言う。

「スーツってのは、男の筋肉を綺麗に見せてくれる戦闘服なんだぜ」

ついてこい、と刑部は先を歩く。雑居ビルの脇の細い階段を上っていって、古びた扉を開けるとそこは隠れ家みたいな静かなバーだった。常連らしい刑部はさっさとソファ席に陣取ってしまう。

一樹は少し離れて座った。彼の目が怖かったのだ。刑部は夜の人工灯の下で見た方が迫力がある。

すぐにジントニックとオリーブの酢漬けが出た。喉が渇いていたから美味《おい》しく感じる。アルコールに弱い一樹だったが、あっという間にグラスを空けてしまった。

「それにしても、変な刑事さんですね」

少し酔ったのかもしれない。ソファに深くもたれかかり、刑部が次に頼んでくれた水割りをゆっくりと口に含む。

甘く感じるのは、身体がアルコールを欲しているからだろう。

「俺のどこが変だって？」

「消防士と仲良くなりたい刑事さんなんて、初めて聞きました」

極上のウィスキーは舌触りが滑らかだった。口まで滑らかになりそうだ。

「そうかぁ？　官僚のくせに、消防署に出向になる男の方が変だろ」

一樹は背もたれからゆっくり起き上がった。グラスを置いて手のひらを見ながらポツリと言う。

「……僕のこと、調べたんですね」

「ああ。これでも捜査で飯を食っているんでね。刑事としては、付き合う相手に対して慎重にならざるを得ない。だから身元確認だけは一通りさせてもらうのさ。だがそれは、官僚だって同じことだろ？」

「ええ、まあ……」

具体的に指導することはないが、内々では「公的でも私的でも、付き合いには気をつけるように」と言い合っている。

一樹が出向して嬉しかったことの一つは、「よき官僚たれ」と自分を締めつけていたタガが外れたことだった。そんな返事をした。

「カズの家は親父《おやじ》さんが大臣だから、余計にいろいろ期待されてるんだろうなあ」

一樹はあいまいに答えた。

「まあ、いろいろと……」

自分としては、選挙に出る姿など想像できなかった。もっとも、親の言いなりになりたくないから出ないつもりではいる。

「そういう刑部さんはどうして刑事になったんですか？　まさか苗字《みょうじ》のせいとか」

「まさか」

刑部は白い歯を見せて笑い飛ばした。

「大学時代に付き合っていた相手が警視庁に入るっていうんで、俺も入ったのさ」

「へえ。その人は今どこにいるんですか。今も一緒ですか」

「あいつは今、他県の警察に移ってしまった」

「遠距離恋愛なんですね」

「いや、とっくに別れたよ。原因は俺の浮気だ」

一樹には理解しがたかった。相手が好きで同じ職場を選んだはずなのに、浮気をしてしまう気持ちが分からない。

よほど疲れていたのか、眠くなってきた。瞼《まぶた》がくっついてしまいそうだ。呂律《ろれつ》が回らず、グラスを持つ手が重い。目を見開いて、明瞭《めいりょう》な発音を心がけた。

「なぜ浮気をしたんです」

「出会っちゃったんだよ」

「は？」

刑部がこちらをじっと見つめる。なぜか胸がドキドキしてきた。自分は男なのに、男をとてもセクシーだと思って胸がときめいてしまう。あの妙な淫夢のせいなのか、飲み慣れない酒に酔ったせいなのか。

「こいつとやりたいって、思う相手と出会っちゃったのさ」

さっと立ち上がって一樹の脇に回り、隣に座った。大きな手のひらが一樹の膝の上にそっと押しあてられた。

手のひらがチノパン越しに一樹の太ももを撫で始める。気だるくて払うことができなくて、一樹はじっとその動きを見ていた。

「君って可愛いよね」

耳元でささやいてきた。一樹は上体を斜めに傾けて距離を置こうとした。

「少し離れてください。近すぎですよ」

周りを見渡すと、皆こちらのことなど気にしてもいない。

ふと気づいた。周囲はみんな男だけ、それも男と男の二人連ればかりではないか。皆肩を寄せ合い、指をからめ合ったり肩を抱き合ったりしている。

「君を見ていると吸い寄せられちゃうのさ」

とろけるような目で一樹の髪をいじり始めた。

「君の髪って、意外とねこっ毛なんだね。手入れはどうしてるの？」

長い指先がクネクネと動く。

「ちょ、ちょっと、顔をくっつけすぎです」

一樹は焦って手で顔を押そうとした。

(あ、あれっ?)

力が妙に入らない。それどころか身体中、力が入らない。ひどく眠い時にほろ酔いになってしまったような心地よさで、まっすぐ座っていることができなくなった。

「う………」

一樹は目をつぶってにんまりとほほえんだままソファに深く座り直した。身体の芯が崩れて左右に揺れ始める。瞼が重くて目を開けられなくなっていた。

「お酒、弱いんだね。意外だよ」

「い、いやちょっと……」

体調が悪いと奈良漬で酔っ払ってしまうくらいには弱かった。このバーで出る酒は全部が美味しくて、つい飲みすぎてしまった。

喉がかったるくて声が出ない。口と肩で息をするが、それすらも面倒くさい。

刑部が一樹の肩を抱いて自分の肩に引き寄せた。そのましなだれかかると、身体がずいぶん楽になった。ふわふわと心地よくて幸せで、自然と笑みが浮かんでしまう。寮に戻るのもかったるい。このまま店のソファで沈み込むように眠りにつきたい。

「なんだか日なたのネコみたいだ」

「ふうう……」

一樹は静かに深呼吸を始めた。

髪をいじっていた手が頬に触れた。顔の輪郭を撫でる仕草から、顎をつまむ。クッと上を向かされたと思ったら、唇が覆いかぶさろうと近づいてきた。

（……あ！）

一樹は力を振りしぼって刑部の胸を押した。顔が少し遠ざかる。

「じょ、冗談はやめてください」

「冗談なもんか。俺はカズが気に入った。ちょっといいだろ？」

「だ、だって僕たちは……」

男同士だ、と言おうとして口をつぐんだ。そんなふうに言う自分は、毎晩のように男同士愛し合う夢を見ているではないか。

再び顔が近づいてきた。一樹は両手でそれをブロックしようとした。だが刑部の力にはかなわない。じわじわと押し切られ、とうとうあと数センチのところまで唇が来てしまった。

「酔っ払ってるんですか？」

両手に力を入れるのだが、腕が一樹の背中をしっかりホールドして、じわじわと近づいてくる。

「そういうふうに嫌がられると、余計に燃えちゃうなァ」

「ぼ、僕、帰ります！」

「おっと！　か・え・さ・な・い・よ」

「放してください」

健二と同じくスポーツジムで鍛えまくっている刑部は、とにかく力が強い。つい先日までデスクワーク中心だった一樹の比ではなかった。

「まあまあ、慌てないで。朝ちゃんと送っていくからさあ」

「ちょ、ちょっと！　そんなところを触らないで」

その時、勢いよくバーのドアが開いた。急な風圧に店内の目がさっと集まる。一樹も思わず見てしまった。Tシャツにジーンズの背の高い男が肩で息をして立っている。

「えっ？　ど、どうして」

健二だった。店内をぐるっと見渡して二人を見つけ、まっすぐ近寄ってきた。

「おいっ」

いきなり刑部の肩に手をかけ、ぐいと引き起こす。その流れで刑部の腹にパンチを一発喰《く》らわせた。テーブルの上のグラスや氷入れが派手に落ちる。

「ワッ」「やっちまった」

誰かが叫んだ。店内が騒然として、マスターが近寄ってきた。

健二は片手を上げて制止した。

「すまん。もうこれで終わる。壊した分はこいつにつけといてくれ」

怒りを抑えているのがはっきりと分かる。一樹は身体を起こした。ふと気づいて、着衣の乱れを直す。

刑部は背中を丸めて綺麗に転がったせいですぐに立ち上がった。頬は赤くなっているものの、ダメージはそんなに受けていないようだ。受けていないふうを装っているのかもしれない。いずれにせよ鍛え上げた男同士の喧嘩は一樹の想像を軽く超えていた。

「おい！　いきなり殴るとは、酷いじゃないか」

落ち着いた声で刑部が言った。

「酷いのはお前だろう。また悪い癖を出しやがって」

「ハン？　焼きもちか？」

「違う！　こいつに手を出すなと、俺はハッキリ言ったはずだぞ。その約束を破ったから殴ったんだ。殴るぞって、言ってあったよな？」

「俺は約束なんてしてない。お前が一方的に言って一人で納得してただけだろう」

「何を⁉　てめえは！」

「ちょ、ちょっと！　やめてください！」

やっと声が出た。一樹は一言口にするのがやっとだった。「美味しい」と一気飲みしたのがじわじわと効いてきている。

「おい、お前また変なハーブを使ったんじゃないだろうな。なんでこんなにぐったりしてるんだよ」

「馬鹿言え。学生時代じゃあるまいし、使うわけねえだろ。仮にも俺は警察の人間だぞ。カズが思ったよりずっと酒に弱かったんだよ」

なんだかんだ揉めても二人は仲が良さそうだった。健二は毎週スポーツクラブに行ってスカッシュをしているから、二人は毎週会って競っているのかもしれない。

健二が一樹の腕を取った。

「おい、帰るぞ。大丈夫か？　立てるか？」

「う、うーん……」

大丈夫、と言いたいところだがまっすぐ歩けない。興奮して心拍数が上がったせいか、酩酊《めいてい》してしまった。

「仕方ねえな……おい、お前のせいだぞ。手伝え」

刑部に手伝わせて、健二は一樹を背負った。

「じゃ、こいつは連れて帰るぜ。今度こんなことをしでかしたら、この程度じゃ済まねえからな。覚えてろ」

次に一樹が目を開けたのは、健二の背中の上だった。

「ん？　あ、あれっ？　僕はいったい……」

「起きたか？」

背中から声が耳に響いてきた。

「あっ」

慌てて下りようとしたが、身体に力が入らない。健二が背中に回した腕を揺すって一樹の身体を上にずらし、安定させた。

「す、すみません。僕……あの……酔っ払いすぎて」

急に痴態を思い出してしまった。

（よりによって、刑部さんにキスされそうになってるところを先輩に見られてしまった……先輩、僕のことどう思っただろう……）

いたたまれない。外の空気のせいか、酔いも少しさめた。

「あの、僕、下ります。自分の脚で歩きますから」

「いいよ。しばらくこのままで」

「でも、重い……ですよね」

「いや。軽いんじゃないか？　カズは華奢だから軽いよ」

健二の背中は広くて温かかった。

「そういえば背中……こないだのノズルがあたったところ、痛くないですか？」

「多少痛むが、仕方ないだろ。ああ、いいからこのまま少しおとなしくおぶわれていてくれ」

後ろに回した健二の腕がキュッと一樹を抱く。一樹も健二の首にしがみつき直した。

背中が温かい。肌が香ばしい。

(この匂い……)

健二は鼻をこすりつけた。夢の中で嗅《か》いだ匂いだ。あの情熱的な夢とセットになった匂いだった。一樹の身体の芯がムズムズしてくる。

(……ま、まずい……まずいよこれ)

股間が次第に硬くなってくる。これ以上膨らむと気づかれてしまう。一樹は慌てて言った。

「すみません、やっぱり下りて歩きます」

何度もお願いしてやっと地面に下ろしてもらった。ちょっとふらつくがなんとか歩くことはできる。離れた途端、身体の疼《うず》きと勃起がおさまった。こんなふうになっただなんて、誰にも知られたくない。

（どうなっちゃったんだよ、僕の身体は……）

夢をくり返し見ただけなのに、この身は味を覚えてしまったのだろうか。

＊　＊

寮に戻って眠りについた。また夢を見た。

今度は茶室のような建物に二人きりでいる夢だった。畳の部屋と板の間だけの質素な造りだが、二人だけの静かな空間だった。

殿さまの顔色がすぐれない。疲れ切ったような表情で縁側から外を見やっていた。

「マサ、近う寄れ」

こちらを見ずに言われ、正久《まさひさ》は正座したまま伏し目で斜め後ろまで近づいた。

「肩を叩け。いつものようにな」

「はい」

　夢の中の一樹は正久そのものだった。「いつものように」を知っていた。殿さまの肩を両手の拳でとんとんと叩き、指で肩を挟んで揉む。

「大分凝っておられます」

「うむ。ここのところ、雑事が多くてな」

「新しいお役目でございますね」

「ああ。儂は奉書火消《ほうしょひけし》だけで充分なのに、面倒なことよ」

「殿さまの武勇談は、語り草でございます。赤坂《あかさか》の火事以来、赤穂《あこう》の火消大尽と、民《たみ》は呼ぶとか呼ばぬとか……」

「ははは。浅野《あさの》の本家か。あの火事は凄《すさ》まじかったのう。そういえばおぬしはしくじったのう。手文庫を取りに行って迷子になって……」

「あの時は危のうございました。殿さまに救っていただいて……」

「ははは。さすがの秀才も青ざめておったの」

「お戯れを……」

「ふふふ。儂はそちと話すと力が湧《わ》くわ。ささ、もっと近うに」

「あっ」

腕をぐいと引かれ、きつく抱きしめられてしまった。香ばしい肌の匂いが鼻腔《びこう》をくすぐる。この匂いを嗅ぐと胸がかきむしられるように切なくなった。

「こちらを見よ」

「……はい」

明るい日差しの中で、初めて殿の顔をしっかりと見た。健二そっくりの顔立ちだが、健二よりもずっと年を取っている。刃物のように鋭い目つきは年齢を重ねても変わらなかった。

「愛い奴め……お前といると、嫌なことをすべて忘れる」

「殿さま……とてもお疲れのご様子……」

「うむ。勅使《ちょくし》御饗応はな、気を遣うのが困る。お前も知っての通り、儂は気遣いがまるで駄目だからな」

「またそのような……」

一樹は笑いを我慢できず、口元を緩ませた。

「お前の笑う顔はよいものだ」

殿さまの顔が急に真面目になり、近づいてきた。一樹は自然と目を閉じた。

やがて肩をきつく抱き寄せられ、唇がかぶさった。重なっては離れ、重なっては離れ、何度となく唇を合わせる。

「ああ、儂が主《あるじ》でなければ……好いたお前と楽しく暮らしたかった」

「殿さま……奥方さまがお聞きになったら、烈火の如《ごと》く怒ります」

「ふふふ。氷の如く冷たい女だから、少し怒ったくらいがちょうどよいのだ」

「殿さま……」

「ああ、儂はお前とずっと、こうしていたい。惚《ほ》れた者同士、二人で暮らしたい。こんなにも、狂おしいほどに惚れているというのに……」

「それは叶《かな》わぬ夢、でござります」

二人はそもそも身分が違う。大名家の当主と一介の小姓では、関係を長く続けることはできても一緒になることはできない。

一樹は思いを込めて、涙の伝う殿の頬を撫でた。二人は身体だけではなく心もしっかりと結ばれている。そんな思いを手指にのせて、向かい合った男の頬をぬぐう。

どちらからともなく唇が近寄った。今度は深く喰い込んで、舌が口中に入ってくる。それを舌先で迎え入れた。

殿の手が一樹の帯にかかる。博多織は小気味よい音を立てて胴回りから離れて落ちた。腰紐《こしひも》が抜かれ、前がはだける。今日も下帯を穿《は》いていないのを、男の手が確かめた。

「よしよし。今日も穿いておらぬな」

「殿さまの仰せでございますから」

「他の者と添い寝するでないぞ。もしお前が不貞をしたら、儂は怒り狂うぞ」

「そのようなこと……ありえませぬ」

「分からんぞ」

まだ少し柔らかい肉幹をギュッと握られ、一樹は息を呑んだ。背筋に甘い痺れが広がる。この先に続く淫らな行為に、早くも尻のその部分がムズムズしてきた。どんどん淫らになっていくような気がする。回を重ねるごとに快楽が深く強くなっていく。

(欲しい……)

あそこに咥《くわ》え込みたいという欲望が喉元までせり上がってくる。気づかぬうちに男の股間に手指をあてがっていた。

「今度はお前がやってみよ」

目の前で、着物の前が左右に広がる。中から真っ白な下帯が現れた。それは内側から激しく突き上げられ、脇から姿を見せていた。

一樹は布越しにてっぺんを撫でた。肉幹をさすり、下帯の結び目に手を伸ばした。

爪を立てないようそっと外す。中から現れたのは獲《と》れたての山芋のように立派なものだった。一樹のそれと違い、青みを帯びた褐色の皮に包まれ、先端はあくまで艶《つや》やかにどす黒く光っている。

一樹は根元をギュッと握った。先端がひし形に開いて暗い穴が見えた。

鼻先をそこに近づけると、生々しい男の性臭が鼻を突いた。胸いっぱいに吸い込むと頭に血がのぼってくらくらしてくる。

一樹は唇を開いて逞しい先端に吸いついた。舌先を小刻みに動かして鈴口を舐める。

（ああ……殿さまのお汁が……）

ほろ苦く塩気の強い汁がホロリ、ホロリと溢れ出てくる。それを舌ですくって鼓を打った。

この味に唾が奥から溢れてきて、一樹の舌の動きを一層滑らかにする。このものが一樹を極楽浄土に連れていってくれるのだ。思いを込めて丁寧に舐めしゃぶった。

「おおう……腕を上げたな」

相手が喘いでいるのが嬉しくて、一樹はさらに熱心に舌を動かした。時には喉を使って全体を吸い込み、筒にした唇で裏筋と先端の鰓《えら》を同時にこする。

「うむ、うむ」

派手に喘ぎたいのを我慢するかのように口を結ぼうとする男に、一樹は淫らな技を仕掛けた。とっくに縮こまって固まっているふぐりを手指で撫で始めたのである。

「う……いかん」

大きな両手が一樹の頭を左右から挟み、持ち上げた。

「尻を向けよ」

くるりとひっくり返され、尻を高々と上げさせられる。一樹のそこは昼の光の下、無防備な姿を晒した。

（ああ……来る……）

太く逞しいものに貫かれる予感に胴が震えた。尻が咥え込みたくてムズムズしてたまらない。

「この孔が儂を狂わせる……まったく」

手早く長着を脱いだ逞しい身体が上に覆いかぶさった。熱くたぎる先端がひそやかなすぼまりにあてがわれる。

グッと力で押された。

「ああっ」

自分の声で起きた。またもや汗びっしょりだ。上段に耳を澄ませると、やっぱり健二も目を覚ましているらしく、神経質に寝返りを打っている。

「夢、見ましたか」

と聞きたかったが聞けなかった。彼もまた同じ夢を見ている気がするのだ。

＊　＊

翌日、大交替の後、空いた時間を使ってネット検索で調べてみた。幸い仕事場のデスク周りには人がいない。

昨晩の夢にはいくつかのキーワードがあったはずだ。目をつぶって思い出してみる。

「あこう」

「ほうしょひけし」

この二つの言葉が印象に残っていた。ネット検索はすぐに結果を見せてくれた。

「浅野長矩《ながのり》……浅野内匠頭《たくみのかみ》？」

出てきたのは忠臣蔵の浅野内匠頭その人だった。一樹は腕を組んで目をつぶった。

どうやら間違いはなさそうだ。そして自分はいったい誰なんだ。

確か夢の中で「マサ」と呼ばれていた。だが前の夢で浅野内匠頭はマサの苗字を言っていたはずだ。

「えーっと、なんだっけなあ」

「い」がつく苗字だった気がする。言葉を変えていろいろ検索してみたが「これは」という情報に当たらず、一樹は壁にぶちあたった。

あとちょっとで情報にたどり着きそうな気がしている。どうしたらいいだろう……。

ギシッと音を立てて、椅子の背もたれに背中を預けて天井を向く。ストレッチをしながら頭をからっぽにしてみた。

そのまま一分ほどして、背中を前に戻した途端、忠臣蔵の討ち入り事件を急に思い出した。

(ああ、忠臣蔵か……)

浅野内匠頭が松の廊下で吉良《きら》上野介《こうずけのすけ》に斬《き》りかかり、切腹になり、赤穂藩は改易となった。その事件の後、浪人となってしまった家中の人々が主君の汚辱を晴らすために吉良邸に討ち入り、上野介の首を討って主君の墓の前に供えた例の事件である。

あれだけ熱烈な関係だったのだから、「マサ」は吉良邸討ち入りの時にメンバーに入っていたのではないだろうか。

「赤穂浪士」

検索をかけてみて、討ち入りのメンバーを一人ずつ検分した。

しばらくして、答えに行きあたった。

（これだ！　礒貝正久……愛宕山《あたごやま》教学院の稚児小姓とある）

おそらく間違いないだろう。夢の中の健二は浅野内匠頭、一樹はマサこと礒貝正久として愛をはぐくんでいたのだ。

「でもなんでそんな変な夢を……」

実在の人物になりきる夢というのは、一樹にとっては初めての経験だった。

第三章　みをつくしても…

氷川涼介《ひかわりょうすけ》は稲穂市内の地図にペンで情報を書き込んでいた。今日は、専門学校もさぼって一日この作業に没頭しようと朝から楽しみにしていたのだ。

地図をスキャンしてパソコン上で入力して保存してもよかったが、こういう作業はやっぱり手書きの方が雰囲気が出る。

人通りの少ない道、長い時間放置してある原付、ゴミ収集所、空家……。そんな場所を自分の足で見つけては書き込んである。

ここ最近の涼介の日課は、地図を頭に叩き込み、昼間実際に歩いた道を思い出しつつシミュレートすることだった。

なるべく人に会わず、目撃されず放火し、できるだけ速やかに自然に火事の見物人になる……。案外難しく、頭を使うし度胸もいる。この遊びが最近の涼介のお気に入りだった。

住人に消されてしまった小さなボヤも含めて、すでに十数回成功している。最近は消防士の姿も見分けられるようになった。

携帯電話が鳴った。着メロから母親だと分かった。無視しようかと思ったが気を取り直して出てみた。言うことはどうせ分かっている。

「涼ちゃん、元気だった？　学校はどう？　楽しい？」

「なんか用？」

母親はムッとしたようだ。元々ヒステリーですぐに癇癪《かんしゃく》を起こすのがこの女の特徴だった。この女の罵詈雑言《ばりぞうごん》は、意にそまない結婚生活で健康を害するレベルにまで高まってしまっているのだ。

「用がないと電話しちゃいけないの？　こっちは母親なのに？」

「母親ってなんだよ急に……どうせ実績が欲しいんだろ。今さらこんなことが実績になるかどうか知らないけど」

両親は現在離婚調停中で、涼介は蚊帳《かや》の外に置かれている。母親は親権をもらって養育費をゲットしたいようだが、こっちは父親とも母親ともできるだけ遠ざかりたかった。今まで通り、金さえ振り込んでいてくれれば、勝手に独りでやっていける。

だが夫に愛想をつかされた母親にしてみれば、それじゃ困る。養育費がないと暮らしていけない。だから今頃になって、こっちのご機嫌を取ろうとしているのだった。電話で仲良しをアピールしたかったのだ。

「とにかく、俺は金だけもらっておふくろとも親父とも距離を置くということで話はついている。おふくろが何をやってもそこは変わらないさ」

突然電話が切れた。ブチ切れついでに電話を切ったのだろう。

今でこそ客観的に冷静に見ることができるが、小さい頃からあの母の暴力とヒステリーが辛かった。恐怖心で小さな子どもを押さえ込んで優越感に浸っていたのだ。

それを見切るまでが辛かった。らこそもっと好かれないといけないと思い込んで、こっちがおかしくなるかと思った。

いろいろなことに気づいてからは、好きでもないのに結婚するな、ましてや子どもなんて作るなと抵抗するようになった。なんだかんだいっても力ではこっちにかなわない。そう悟った時の母親の顔は見ものだった。あの時の爽快感《そうかい》は射精よりずっと凄かった。

まあ、あの女相手では、父親が家のことに無関心になって外で遊ぶのも当然だろうと思う。こんな家庭は崩壊した方が絶対いい。

もう電話は終わったというのに、まだ引きずってしまっている。むしゃくしゃして仕方なかった。小さい頃の折檻《せっかん》の記憶が自分を一生蝕《むしば》むのかと思うと許せない。

両親から物理的に離れて暮らして丸五年。親の金で買った高層マンションは独り暮らしには贅沢《ぜいたく》な造りだ。ここは会社役員や経営者、医者が多く住んでいる場所で、セキュリティもいいし、防音もしっかりしている。

涼介は木村正純《まさずみ》に電話をかけた。こっちは上得意なのだから呼べばすぐ来る。突然呼び出して慌てさせるのがまた楽しかった。

「俺だけど」

わざと優しい声を出す。

「ああ、会いたかった」

電話の向こうは即答だった。こっちが電話をかけてくるイコール呼び出しイコール商売成立というわけだ。

「ふ、商売熱心だね」

含み笑いをしながら言うと、正純がムキになった。

「商売だなんて思ってません。そりゃあ、僕たちの出会った場所は……だけど、商売だなんて……思ってない……だからこそ……」

「どうだかね。ともかく今すぐ来てよ。声を聞いただけで勃起しちゃったよ。もう待てないよ」

「行きます！　一時間半で着きます！」

「駄目だ。一時間以内だ」

「……頑張ります！」

「間に合わなかったらお仕置だ」

「……はい」

正純が頬を染める様子が目に浮かぶ。涼介の勃起の先端から歪んだ情欲の先走り液が早くも滲み出た。

「間に合ったら、お前の好きなアレをしてやる」

「……はい」

正純もきっと身体の芯を疼かせて、勃起したに違いない。まるでテレビ電話のように、互いの姿を声のトーンで見せ合っている。

木村正純は美貌《びぼう》の男娼《だんしょう》だった。出会ったのはインターネットで予約できる男娼サイトで、涼介が選んだ男だった。

年齢は今年二十歳《はたち》になる涼介より一つ年上だ。ハンサムな顔立ちでガタイもいいのに、なぜかあまりぱっとしない。

付き合ってみると理由が分かった。あらゆることに消極的な印象を他人に与える男だったのだ。実際、男娼サイトに申し込むこと以外は後ろ向きに生きてきたのだと思う。言葉の端々からそれが窺《うかが》える。人生を諦《あきら》めていると言っても過言ではなかった。

そこが気に入った。生まれたくないのに生まれてきてしまった自分には、こんなふうな「存在が重くて」ぱっとしない、だからこそ自分に忠実な男娼が相応《ふさわ》しい。

（いや、違うんだよな。アイツは俺に忠実なんじゃなくて、結局は俺が払うカネに忠実なんだ）

だからこそいじめ甲斐《がい》がある。

確か父親不在と聞いた。そこは涼介と同じだが、母親が立派に自立しているところが大きく違った。その話を聞いた時、「お前とは一生主従だ。でなければならない」と決心した。

できればこの男を酷い形で捨てたい。その日のために偽の愛をはぐくむことを、涼介は厭《いと》わなかった。

正純は一時間きっかりで到着した。彼にしては豪勢にタクシーを飛ばしてきたらしい。もっとも、ここで身体を提供すればタクシー代など充分ペイできる。

上気した顔の正純はとても魅力的だった。ちょっと前までやっていた配送業のバイトのお蔭《かげ》か、筋肉質の身体も肌艶も見事なのだ。寝物語では、正純は配送業の前には情報処理専門学校に行っていたのだそうだ。学費が払えなくなり中退したらしい。

　この美しい若者が男のために身体を開くなど、誰も想像できまい。正純ならきっと女にモテるはずだ。全然モテていないのなら、外見ではなく彼が心の問題を抱えているからだろう。

「やあ。今日もイケメンだね」

　一見女と見間違うほどの風貌《ふうぼう》で細身の自分と、ガタイのよい正純とが並ぶと、主導権を握っているのは正純だと誰もが思うだろう。だが実際は違う。

「すごく、急いで、来ました。駅からタクシーを飛ばして」

　息が上がって額に汗が浮かんでいる。その様子に涼介の心がじわじわと満たされる。

「じゃあ、見せてもらおうか」

「……はい」

　薄いTシャツとストーンウォッシュのジーンズを脱ぐ。下は黒いブリーフ一枚だった。見事に引き締まった身体を涼介はうっとりと眺めた。自分のおもちゃの中では最高のお気に入りだけある。

　筋肉で割れた下腹が深呼吸で激しく波打っている。だがそのさらに下のブリーフは大きく盛り上がり、先走りの汁まで滲ませていた。

「ふふ……まあ及第点ってところかな」

「……あ、ありがとう、ございます」

「じゃあ、いつもみたいにやってよ」

「はい」

汗を流しながら、正純はひざまずいた。ソファに座った涼介の股間ににじり寄り、ファスナーを下げる。中から硬く屹立したペニスを苦労して引っ張り出した。

涼介のそこは身体つきに似合わない猛々《たけだけ》しさだった。子どもの腕くらいの大きさのモノが自身のへそを叩く。最初、ウブな正純はこれを受け入れることができないと思っていたのだ。だが彼は、奥を柔らかく耕してからゆっくりと受け入れた。

「ああ……氷川さんのココ……誰のよりも凄い……」

正純は頬を赤らめながら先端を口に含んだ。根元まで全部呑み込むことは、いくら彼でも難しいだろう。そのくらい涼介のは大きかったのだ。

チラッとこちらを見る目が潤んでいる。正純は必死になって舌と唇を駆使し始めた。口唇愛撫をして涼介を満足させないと、次のステップに行けない。ご褒美をあげるのも罰を与えるのも涼介の胸先三寸。これが二人のいつものプレイだった。

正純は口も舌も満足に動かせないでいる。涼介はそれを充分知っていながら、腰を動か

して喉をえずかせた。

「ぐっ、ぐぶっ、んぐっ」

咳《せ》き込むのを我慢しながら、苦しそうにフェラを続ける正純は、他の誰よりも従順だった。もっとも従順にならざるを得ないように仕向けている。カネで縛っているのだ。

「ほらほら、もっと吸わないと、ご褒美が出ないよ」

「んっ……くっ……」

必死の形相の正純の舌が、竿《さお》に絡まる。先端をチュッと吸って射精を促そうとした。

「ああ……いい感じだ。頑張れ」

何も動くものがない静かな室内で、正純の頭と手だけが動いている。涼介はその様子を見つめながら、先日の放火を思い出していた。

小学校の裏手である。あそこは植え込みがあって薄暗くてやぶ蚊が多く、普段から人が来ないし、用があって来ても皆そそくさと立ち去っていく。

涼介はそこに積み上げてある段ボールに目をつけていた。ライターのオイルを振りかけ、火をつけて逃げ、消防車が来てからそっと現場に戻った。

何度か見る消防士があの時もいた。ボヤ程度だと消火直後からヘルメットを外してしまう。ちょっと子どもっぽい雰囲気のある消防士で、育ちのよさが群を抜いているように見えた。

　個人的に付き合いのある興信所を使って気になる男を調べ上げた。「相沢一樹」という名の若者だった。

　驚くことに、彼は父親が国会議員で本人も霞《かすみ》が関《せき》のエリート官僚だという。涼介は是非とも自分のモノにしたくなった。その手だてをあれこれと考えている時が一番楽しい。それは放火場所を探すよりも楽しかった。

　正純はまだ必死で口唇愛撫を続けている。涼介はいきなり立った。

　正純を従えて、奥にあるベッドルームに入る。そこはまったくのプライベートな空間で、キングサイズのベッドの他に、正純を可愛がるためのさまざまな道具も置いてある。

　先に正純を寝かせ、その真横に寝そべった。

　筋肉質な男の身体は起伏に富んでいた。健康的な肌は間接照明の柔らかい光を鈍く反射している。小麦色の肌に手のひらを置き、ゆっくりとさすり始めた。

「いい身体だ」

　指先を微細に動かし、小さな木の実をくすぐる。

「う……」

　早速正純が呻き始めた。股間のモノがいきなり勢いを取り戻し、先端から透明な雫《しずく》を垂らし始める。

「気が早いよ。まだこれからだろ」

乳首を指先で弾き、筋肉で割れた腹を撫でる。じわじわと手を股間の草むらに近づけていった。正純の毛は綺麗な円を描くみたいにカールしていて、触り心地がとてもよいのだ。指先で毛をもてあそびながら、涼介は目の前の耳の中に舌を入れた。一度他の男娼にこれをやった時に手で払われてしまったことがあったが、正純はおとなしく受け入れていた。こういうところも彼を贔屓《ひいき》にするきっかけだった。

「ああ……」

正純が悩ましいため息をつく。その理由は分かっている。過敏になった奥が挿入を欲して燃えているからだ。

「ふふふ。欲しいかい?」

「は、はい。欲しい……です……」

「じゃあ、自分から開いてごらんよ。あの恥ずかしくてみっともない格好をして」

「うう……」

顔を真っ赤にして正純が両脚を折り曲げ、左右に開いた。隠された場所がゆっくりと開いてゆく。

「正純は変態だなあ。挿入されたくて、なんでも言うことを聞いちゃうんだ」

「ああ……もう、焦らさないで……」

「なんで？　正純は男娼だろう？　時間がかかればかかるほど、君には延長料金が入るじゃないか」

料金……それは正純が一番嫌がる言葉だった。

「うう……意地悪……本当はお金のためじゃない……」

「そうかい？　そんなことないだろ。君が一番好きなのはお金のはずさ」

「違う……そりゃあ、お金は欲しいけれど……決してそれだけじゃない……よ」

「ふうん。じゃあ、要らないんだ、お金」

「……」

正純が困ったように唇を噛《か》むのを、涼介はじっと眺めた。

本当は分かっている。彼が自分に対してだけいろいろとサービスしてくれていることを。

そしてそのサービスが、商売の域を超えていることも。

涼介だって、普通の男娼に対するよりもずっと正純に執着していた。それは自覚がある。

同じ男娼を半年以上続けて買うのは、これが初めてだったからだ。

だからこそ、二人の間にお金が挟まるのが本当は嫌だった。そして生活苦の正純は、カネが欲しいかと聞かれるときっぱりと「要らない」と言えない。そこが余計に腹立たしい。こんな自分に一番執着している人間が実はカネ目当てというのは、それこそ虚《むな》しく笑える状況ではないかと思うのだ。

どうしてこんな形で出会ってしまったのだろう。何度となく抱いてきたが、回数が重なるほど焦燥が強くなり、二人の間のアラが目立ってくる。

やはり、そろそろ彼とも潮時なのかもしれない。ゲームのリセットボタンのように、二人の関係を全部消す潮時なのかも……。

指を秘孔に埋めてゆく。いつものようにスムーズに入っていった。

「はぁ……ンッ……くっ」

中は熱くトロトロにとろけている。指を二本に増やして奥の方を揺さぶると、半眼になって喘ぎ始める。本当に気持ちよさそうで、見ているだけでこちらも興奮する。

「エロいな。こんなことされてうっとりするだなんて」

視姦《しかん》しながら表面を触っているうちに、涼介の下半身にも変化が現れた。

（ああ……やりたい）

正純を味わいたかった。正純を焦らしながら同時に自分をも焦らしていたのだ。

もう我慢できない。

放心している正純のその部分に先端をあてがう。そしてぐっと力を入れた。

「俺を受け入れろ！　ほらっ！」

「あうっ……」

最初だけ抵抗感があったものの、すぐに割って入っていった。温かいを通り越して熱い粘膜が涼介を包み込む。

「うう……ぐ……」

「ああー、凄い具合がいい……正純のココは最高だ」

「ほ、ほんと？」

切なげに締めつけてきた。たまらなくなって涼介は正純の上に倒れ込んだ。

体格も全然違う。正純がマッチョなら涼介は中性的な外見だった。正純は小麦色で涼介は全身ミルク色の身体をしている。普段日に当たらないからだ。

猛々しいのは股間の怒張だけだった。だが正純を征服するにはそれで充分だ。長くて太いモノで奥の奥まで犯しまくるだけだ。

根元までしっかりと埋め込んだそれを、ゆっくり引き抜いた。

「いやあっ！」

正純は喉が焼けつくような声を上げ始めた。引き締まった下腹が息で激しく上下した。

淫らな喘ぎに涼介の下半身が敏感に反応した。

喘ぐ正純の唇を唇でふさぐ。腰をゆっくり操りながら、正純の舌を強く吸った。

(えぐってえぐってえぐりまくってやる)

次第に動きを大きく強くしていく。正純のみっしりと重い身体が涼介の突きで激しく縦揺れし始めた。

(う、う、たまらない)

中がねっとりと絡みつく。乱暴に突けば突くほど正純の身体は馴染んで受け止める。涼介は額から汗を振り落としながら腰を打ちつけ続けた。

「うっ……出すぞっ」

怒張が中で暴れまくって快楽を貪《むさぼ》った。

「ひぃーっ!!」

白目を剝いて正純が全身をガクガクと震わせる。きつい締めつけを味わいながら、涼介もようやく樹液をほとばしらせた。

「ああ……」

熱い飛沫《ひまつ》を身体の奥で感じた正純が、のけぞって嬉しそうに叫ぶ。

だが正純の頭の中は複雑な思いでいっぱいだった。本当に自分はこの人に愛されているのだろうか。彼は別の男を愛し始めたのではないだろうか。

パソコンが得意な正純は、涼介がシャワーを浴びている間にデスクに置いてあるノートPCに触れた。裏側には以前に仕込んだキーロガーの部品がある。それをこっそり外してジーンズのポケットにしまう。

キーロガーというのは、ノートPCに入力した情報すべてを勝手に記録保存する小さなハードウェアだった。これを仕込めば、いろいろなサイトのIDやパスワード、メールの中身、秘密のブログの内容、メモ書きや計画書の内容も全部この中に自動保存される。

最近ずっと涼介の様子がおかしかった。もしかしたら新しい男娼《オトコ》ができたのかもしれない。なかなか鳴らない携帯を前に正純は悶々《もんもん》とした。

自分にとって涼介は商売を超えた惚れた相手だ。振られたくない。だから本当に新しいオトコができたのか、それが誰なのか、知りたかった。知るためにはコソ泥のようなことだってできる。

キーロガーなんて使うのは簡単だ。覗き見て、何もなかったら初期化して捨てて、そんな物を仕掛けたことすら忘れてしまえばいい。

＊　＊

礒貝十郎左衛門《じゅうろうざえもん》正久は、麻の裃《かみしも》をつけて見知らぬ屋敷で正座していた。

部屋には他に数名の侍が同じようにねずみ色の裃をつけて座っているというのに、呼吸の音すらせず静まり返っていた。

皆、事情が呑み込めなくて、互いの顔をそっと盗み見ていた。屋敷内はざわつき、緊迫した空気が漂っている。

正久は無性に悲しくて、泣きじゃくりたい気持ちを堪《こら》えるのに必死だった。虫の知らせというやつだ。これから迫りくる運命の波を、自分の心が恐れていた。

長い廊下を伝ってくる足音が怖かった。ここに駆けつけた時からとても不吉な予感がしていた。できればこのまま立ち去りたいくらいだ。

だが足音は無情に近づいてくる。その場の全員が身を硬くした。

咳払《せきばら》いの後、す、すーっと障子が開いた。見知らぬ侍が入ってきた。部屋の皆の視線がその侍に集まる。青ざめた顔をした中年男だった。

座って頭を下げるといきなり、「このたびは……」と口上が始まった。

正久は震えながら侍の声を聞いた。嫌な予感がして身体の震えが止まらない。

今日は珍しく殿のお供で千代田城に行き、広場で弁当を食べて待っていた。城の中が急に慌ただしくなり、「浅野内匠頭が乱心」という一報が家来のもとに入ってきた。

それからは「浅野が怪我《けが》をした」「吉良が怪我をした」「浅野が吉良を殺害した」などと間違った情報が飛び交い、浅野家の家来はそのたびに右往左往した。

ずいぶん長い時間、間違った情報が駆け巡っていた。ようやく幕府からの正式な使いが来て、「乱心ゆえ、芝《しば》にある岩沼《いわぬま》藩主田村右京大夫《たむらうきょうだゆう》の屋敷に閉じ込めた」と言う。平川《ひらかわ》門から罪人の如く出されたと聞いて慌てて岩沼藩主の屋敷に駆けつけてみると、全員がまずこの狭い部屋に通されたのだった。

使いの武士は両手をつき、重々しい声で言った。

「……上様の命により、当屋敷中庭にて先ごろ切腹つかまつり候」

「嘘だ……嘘だよ」

思わず言葉が出てしまった。だが、一同がざわめいたせいで、正久の声は目立たなかった。

目の前が真っ暗になって、身体が前のめりに倒れそうになる。

「気を確かに持たれよ」

隣の男がとっさに肩を持って引き起こしてくれた。

切腹ということは死んだということだ。もう二度と会えない。

教学院の小姓をしていた時からずっと虚しかった。それが、殿さまと会って肌を重ねることで、次第に毎日が楽しくなってきた。実際に床を一緒にしなくとも、殿さまを思いながら寝る夜は嬉しかった。それなのに、あのお方はこの手をすり抜けて旅立ってしまわれた……。

人目も憚《はばか》らず、正久は泣きだした。最初はむせび泣きだったのが、次第に感情が昂ってきてしまった。我慢しようとしているのだが息と胸が苦しい……。

身体と身体を通じて愛する人がやっとできたと思っていた。なのにこのような形で別れが来るなどと、誰が想像できようか。

＊　＊

夢から次第に覚めてきた。目を開けたら、一樹は二段ベッドの下段で静かにむせび泣いていた。こんなふうに泣くのは小学生の時以来だ。

「おい、カズ」

温かい身体が横からいきなり抱きついてきた。

「先輩！」

思わずしがみついてしまった。夢の中のショックが、健二の温《ぬく》もりで次第に溶けてゆく。

「どうしたんだよいったい？　びっくりしたよ、突然泣きだして」

健二の声はいつもよりずっと優しかった。一樹は自然と背中に手を回し、逞しい肉体を引き寄せた。

ずっしりとした重みが嬉しかった。首に指を這《は》わせると、ちゃんと繋がっている。目の前の喉仏が動いて現実に生きている証《あかし》となった。

「僕、また嫌な夢を……見たんです。先輩は見ませんでしたか？」

「俺は本を読んでたんだ。そしたらお前が哀《かな》しそうに泣きだして……なんていうか、聞いてるとこっちまで切なくなっちまうみたいな声だった」

「すごく悲しい夢で……もう二度と会えない夢だったんです。もう二度と」

「誰だよ、お前をそんなに悲しませる奴は」

力強い腕が一樹を締めつける。心地よい温かさと心休まる体臭に包まれ、一樹は次第に落ち着きを取り戻した。

「先輩……」

温もりとともに気持ちが伝わってくる。

(僕のこと、嫌いじゃなかったんだ……)

夢の中の自分のように、唇を首筋に近寄せてしまう。

淫らな夢ばかり見ていたせいで、抵抗感は何もなかった。今、健二に抱きしめられているこの現実でさえ、いつもの夢の続きのように思われる。

どうせ見るならいつもみたいな淫らな夢を見たい。夢の中とはいえ愛する人が切腹する夢など、悲しすぎる。

「そんなに抱きついてくるなよ」

「……すみません」

謝るが離れない。それどころか、健二のTシャツの胸の部分の布をギュッと握ってしまった。離れたくなかった。今のこれも夢かもしれない。

「おい！　そんなことされたら……」

一樹は目を上げた。目の前の喉仏が上下に動くのを見ていると、夢の中で二人抱き合った記憶が身体を包み込む。あの夢は決して不快ではなかった。それどころか、肌を重ねるたびに愛《いと》おしさが募ってくる。

「俺から離れろよ……」

かすれ声だった。一樹は「離れます」と言葉で言った。だがTシャツを握る手は開かない。指が動こうとしなかった。

「そんなことされたら、俺は我慢できない」

突然、健二が一樹をきつく抱きしめた。

「俺は……俺は……」

一樹の心拍数が急に上がる。まるで夢の中にいるかのようだ。

「せ、先輩……どうしたんです、急に」

「本当は、初めて見た時から、お前のことが気になって気になって……」

「えっ!?」

「職場に私情を持ち込むのは俺のポリシーに反するんだ。だから苛々《いらいら》した。どうして目の前をチョロチョロして俺の心をかき乱すんだって、理不尽に怒ってた」

「先輩……」

「今夜だけでいい。今夜だけでいいから、俺と……」

情熱的に一樹の唇を奪う。

「んっ……」

力強い唇が吸引しながら一樹の唇を割る。夢の中での行為のように、分厚い舌が歯を割って入ってくる。

一樹は舌を伸ばして闖入者《ちんにゅう》を舐めた。唾液《だえき》の海の中で、二枚の舌が互いの姿を確かめるかのように身をこすりあった。

（ああ……気持ちいい……）

これは淫夢の続きなのかどうなのか、自分でもよく分からなくなった。

まさかあの先輩がこんなことをするわけがないとも思う。だが目の前の彼は温かくて、夢ではなく確かに実物のように思われる。

息が止まるほど強く抱きしめられ、一樹はようやく心の緊張がほぐれてきた。健二の背中に手を回し、こちらからも抱き寄せる。健二が唇を外し、頬と頬をこすりあわせてきた。

「ああ、もう駄目だ、やっちまった」

「……え？」

「ずっと我慢してたんだ。なんでか分からないが、お前を初めて見た時からずっとこの手に抱きたかった。自分でも、この欲望を持て余していたんだ。ずっと……」

「先輩……」

目の前の顔を見上げる。確かに夢の中の殿さまの顔だった。一樹はそっと手を出し、健二の頬を撫でた。温かい生身の身体だ。そのまましなだれかかる。

淫らな夢で味わった感触が身体の奥に甘やかに蘇ってきた。身体の芯が火照ってくる。リアルの自分は男に抱かれた経験などないが、夢の中で何度も何度も貫かれている。思い出したその快感に、身体が震えた。

一樹の股間がむっくりと起き上がった。健二のモノはとうに硬くそそり立っている。触って確認したわけではないが、直感だった。

「カズ……今夜だけでいいんだ……俺に任せて……」

ささやかれて首がカッと火照った。夢が現実になる……。

再び唇と唇が合わさった。今度は互いに思いを込めて、舌と舌を絡ませ合った。身も心もとろけるようなキスに、一樹は目が潤んだ。心の奥底の不安定な感情が一気に噴き出したような感覚がする。

自分もずっと、こうしたかったような気がしてきた。長い時を経て重なったような、深い安堵《あんど》が一樹を包み込む。

唇をそっと離し、もう一度健二の顔を見た。輝く瞳の中に自分の姿が映っている。たぶん自分の瞳にも彼の姿が映っているだろう。

パジャマのボタンに指がかかった。一つ一つ外されてゆくのをじっと待つ。やがて前が開いて肌が露出した。そのまま静かに倒され、一樹はベッドに仰向けになった。

Tシャツを脱いだ健二が上に乗った。ずっしりと重みを感じながら、一樹は逞しい背中に手を回し、撫でる。腰が重なった途端に、健二の屹立が布越しにあたった。

（ああ……僕の勃起と先輩の勃起が……）

一樹は身体を揺すって屹立と屹立をこすりあわせた。

自然と唇が重なる。舌が再び絡みあった。今度は唾液が入ってきた。一樹は喉を鳴らしてそれを飲む。健二は一樹の唾液を吸引した。

手が一樹のトランクスの中に入る。屹立したものをしっかりと握り、上下に動かし始めた。

（ああ……気持ちいい……）

悦びに腰が震える。指が下着の中に入り、指の腹で一樹の怒張を撫で始めた。そこはすでに先走りが漏れていて、指先が心地よく滑ってくれる。その刺激で新たな先走りが溢れ出た。

「舐めさせてくれよ。もう我慢できないんだ」

ゾクリとするようなセクシーな声だ。

返事をする間もなく半ば強引に裸に剝かれ、屹立が晒されてしまった。

（見ちゃ駄目だって……）

一樹はもともと恥ずかしがり屋で、修学旅行やボーイスカウトの合宿でも股間をタオルで隠すたちだった。親以外に見せるのは、物心ついてからはこれが初めてだ。

健二の息が荒くなる。根元をぎゅっと持って、顔を近寄せた。

（えっ！　ほんとに!?）

一樹は衝撃を受けた。あの先輩がこんなことを……。いったい誰が信じるだろう。

もちろんそういう愛の行為があることは知識として知っている。だが実際に、健二が自分のを……というシーンは思い浮かばなかった。想像より現実の方がはるかに進んでいたのだ。

「うーっ」

健二が先端を吸い込んだ途端に身体に太い電流が走った。今まで味わったことのない強い快楽だ。柔らかくて温かい粘膜が、敏感になった一樹の先端を優しく包み込み、締めあげたのだ。

健二は屹立を吸い、舌で裏筋をくすぐる。刺激のたびに血液がドックンと流れ込み、健二の口中でさらに膨らんだ。

（あの先輩が……こんなエッチなことを……）

健二の防火衣姿が思い浮かぶ。逞しい背中で火災に果敢に挑む男が、自分のモノを愛おしそうに舐めしゃぶっている。ありえない……ありえない。衝撃が大きいからこそ、逆に快楽も大きかった。

(愛されてる……)

疑いは確信に変わった。こんなに愛おしそうに舐める男が一樹を嫌いなわけがない。

一樹は激しく喘いだ。さっきから健二の口の中に先走りを漏らしまくっている。健二はそれを全部美味しそうにすすって飲んでしまったのだ。

恥ずかしさと嬉しさで胸が締めつけられる。身の置きどころのない幸せを感じた。幸せなんだけど、恥ずかしくて消えてしまいたい。

「もしOKなら、次は俺のも……」

健二がゴロンと横になった。屹立がブルンと揺れてへそにあたる。まるでホースのノズルのような、力強い若木だった。

拒否するわけがない。一樹にとって今の健二は一つになりたい相手だった。屹立を根元で押さえ、顔を近づけた。ツンと微《かす》かにオスの性臭がする。胸がカッと熱くなり、顔がさらに引き寄せられてしまった。

男の性器をこんなに間近から見るのは初めてだった。一樹は先端にある縦の切れ目にそっと唇を押しあて、照り輝く汁を舐めた。

「うわ……」

声に目を向けると、健二が首をめぐらせて一樹の様子をじっと見ている。一樹も健二をじっと見ながら、口を思わせぶりに開け直した。そして屹立にゆっくりかぶせる。

「あー」

ため息とも喘ぎともつかない声を健二が上げた。一樹は自分がそうされた時のように舌を動かし始めた。

太い竿を先走り液が伝い下りてきて、それが苦くてしょっぱい。初めての味のはずなのに、なんだか前からずっと知っているような気がする。この味に触れて心が和む。

健二が上体を起こして、股間で奉仕する一樹の姿を本格的に眺め始めた。片手を伸ばして一樹の髪を撫でる。

「カズがこんなことをしている……なんだか夢みたいだ」

言葉に出してはいないが、二人とも同じ夢を時々見ていたのだと一樹は信じていた。

右手で根元をぐっと摑む。そしてさっき自分がされた時のように上下にしごき始めた。先端は相変わらず口の中で、舌先であちこちをくすぐる。

「おお……なかなか……」

舌先が感じる箇所にヒットすると、先端がいきなり膨らんで先走り液が噴き出る。それが面白くて一樹は必死になってあちこちを刺激した。

「暴発しちゃうよ」

健二が苦笑いする。そして一樹の肩を持ってそっと引き剝がした。

「今度はお前が寝る番だ」

再び一樹を横たえ、両脚を折って左右に割る。恥ずかしい部分がまた健二の目の前に晒された。

健二は一樹の膝頭をグッと押して、尻がベッドから浮くまで押し上げた。そうして秘孔を真上に向かせ、その上に身体をのせた。

すぼまりに、唾液で濡れた先端があたる。一樹はしっかり目をつぶった。夢で見たあの感触……すぐに無理やりの痛みが襲ってくる。

じわじわと圧力がかかる。一樹はもうすぐ襲ってくる痛みに怯えた。

「そんなふうに力を入れたら駄目だよ」

耳元で健二がささやく。

「最初は力を抜いてごらんよ」

意識して緊張を解くと、怒張がぐっと押してきた。

「ああうっ」

痛い！　と思って悲鳴を上げた時にはもう入ってしまっていた。激しい痛みで局部がズキズキ疼きだす。夢と違う、現実の鋭い痛みだった。

「あっつ……くっ……」

「ちょっと我慢しろ」

健二の大きな手が頭を抱きかかえるようにして押さえる。身体を密着させて腰だけがゆっくり動いた。腰を真上に向けて両脚を開いたまま、一樹は痛みに耐えた。

次第に奥に入ってくる。一樹はどうしてもそこに神経を集中させてしまう。

下手に動くとさらに痛くなるかもしれない。それが怖くて一樹は恥ずかしい格好のまま動けないでいる。とうとう健二の下腹部と一樹の尻がピタリと合わさった。一番深いところまで入ったのだ。

「っあー、あったかい……それにきつい」

健二が感慨深げにため息をついた。一樹は下腹に力を入れた。

「いたたた……締めつけが凄い……」

健二が引き抜きにかかった。その途端、凄まじい快楽が一樹を襲った。

「ああー」

内臓が裏返しにされるような、もやもやした不快感と電流が走るみたいに鋭敏な快感とが、ごちゃ混ぜになって一樹を襲う。ペニスの動きを引きとめようと、身体が勝手にきつく締めてしまう。締めるとさらに気持ちいい。

「やっ僕、変になりそう」

淫夢での快楽よりももっときつい快楽だった。はらわたをかきむしられるような淫らな痛みが、一樹をのぼせ上がらせた。眩暈《めまい》がして呼吸ができない。

「いいよ、すごくいい。ぴったりフィットして締めつけてくる」

健二が大きく腰を引く。

「あっあっああーっ」

思わず腰を浮かせて剛直を追いかけてしまった。まるで突きを誘うような動きに、健二の腰が反応する。再び深々と突き刺さった。

「たまらない……この身体、凄い……」

一樹にはよく分からないが、身体の中が勝手に蠢《うごめ》いているのは感じる。快楽は強く甘く、一樹を一層の混迷へと導いてゆく。

やがて健二の突きに合わせて、一樹のその部分からも白濁液が噴き出し始めた。射精の悦びと身体の内側をこすられる快楽とで、一樹は何がなんだか分からなくなってきた。

心得た健二が小刻みに突き始める。一樹の怒張から白濁液が飛んで二人の腹を同時に濡らした。恥ずかしくて止めたいのだが射精が止まらない。

「あうっ……ぐっ……」

普段の射精と明らかに違う、小刻みの連続だ。噴出させるたびに高みに昇っていって、愉悦に終わりがないような恐ろしささえ感じてしまう。

「惚れた！　好きだよ！　俺だけのものにしたい！」

いきなり健二の動きが大胆になった。勢いよく一樹の中から抜いて両手で身体をひっくり返し、今度は後ろから深々と貫いてきたのだ。

「あぐっ……ひ……ン」

背後からは全然違う感触だった。まるで初めての時のように、一樹は恐怖に打ち震えた。深々と刺さったモノは小刻みに動いて内側を激しくこすり始める。

背中に鳥肌が立った。目の前が真っ暗になる。

「これもいいぞ……うっ、イキそう……」

健二は一樹の白い尻を両手でぐっと掴み、下から突き上げた。一樹の腰は哀れにも男の腰に翻弄《ほんろう》されて、ただ締めるくらいしかできなくなっている。それでも快楽はさっきよりもさらに強くなっていた。

「カズ！　行くぞ！」

体内の先端がぐっと膨らむ。熱いほとばしりが奥を満たし始めるのを、はっきりと感じ取る。初めての感覚だった。

「あうっ……うっ」

背中がビクッビクッと痙攣《けいれん》した。一樹は白濁液を噴出し続けるモノをきつく締めつけ、深い絶頂を迎えてしまった……。


朝の光の中で改めて顔を見るのが恥ずかしかった。一樹は無言で起き上がった。

昨晩は思わず声を上げてしがみついてしまった。癖になってしまいそうな愉悦だ。夢で見た時の快感と違って、もっとくっきりと身体に直接刻み込まれてしまった。まだ腰から下がふわふわしている。

「おはよ」

健二が起きて上段から下りてきた。

「昨日はごめんな。つい……」

一樹はうつむいて首を横に振った。

まだ尻に何か入れているような妙な痺れが残っている。だがそれは、確かに健二に抱かれたという愛の証だった。起きれば消える淫夢とは違う。

「もう二度とあんなこと、しないよ」

一樹は慌ててすがりついた。

「いいんです！　あれで、いいんです」

「おい。自分が何を言ってるのか、分かってるのか？」

「分かってます。僕、先輩さえよかったら、このままずっと……」

「カズ……」

健二の腕が一樹を強く抱きしめた。キス代わりに唇が耳たぶをチュッと吸う。

「これから大交替なのが残念だよ。非番の日だったら押し倒すところだ」

「先輩……」

もう一度、軽くキスを交わした。

「これからは、俺だけのモノになるんだ」

一樹は頬を染めて頷いた。

「今回は思わず熱くなっちまったけど、次はもっと、お前を楽しませるからな」

「……はい」

一樹の理性はそれがどんなものなのかまるで分からないのに、身体は深いところでその意味を知っているようだ。下腹がズキンと疼いて切なかった。

熱っぽい一樹の目を見て健二が釘を刺す。

「だが仕事に持ち込んではならない。お前のその目は欲情してる。気をつけろ」

「……はい。気をつけます」

ズバリと指摘されて恥ずかしかったが、自分でも昨晩の興奮を引きずっているのがよく分かるだけに弁解のしようがなかった。

「でも先輩。今まであんなに僕に冷たかったのに、あんなことするだなんて……どっちが本当の先輩の姿なんですか。僕はずっと、先輩に嫌われているんだと思って気を揉んでいたんです。なのに、初めて会った時から僕を抱きたかっただなんて……」

健二の大きな手のひらが一樹の頭にのり、指が髪をくしゃくしゃにした。

「仕方ないだろ。男同士の恋愛はよほど慎重にならないと、あっという間に噂になる。相手が男を受け入れるかどうかなんて分からないから……」

「……」

男を受け入れるという言葉がやけにリアルに一樹の心に響いた。

大きくて温かい手が頬を二度、三度と叩く。

「おい、しっかりしろよ」

一樹は我に返った。

「あっ、はいっ」

「また非番の夜にな……今度はもっとゆっくり、感じさせてやるから」

「……はい」

「それまでは、自分で抜いちゃ駄目だぞ。俺の目の前でやるんだ」

「……はい」

健二は頬を染めた。毎晩の日課を見透かされていたのだ。恥ずかしい反面、嬉しかった。それは健二が自分に関心を持って観察してくれていた証だから。

健二には何もかも知られてもよかった。逆に自分も、彼の何もかもが知りたい。

「ああ、もう、何度でもしたいよ。お前と……」

仕事を休んでずっと二人で過ごしたい、今は離れたくないと健二が言う。

なぜか一樹は涙が溢れてきてしまった。遠い昔に別れてからずっと、この時を待ち続けていたからかもしれない。


平和な朝だった。健二と一樹は火災出場することもなく大交替を終え、消防士の事務服のまま自転車で表に飛び出した。二人で水利調査をすることにしたのだ。

「大交替の後だけど、このまま行っちゃおうぜ。私服じゃ怪しまれるから」

ポンプ車に乗る人間は、消火栓の場所を頭に叩き込んでおいた方がいい、と健二は言う。というのは火災現場に着いてから水栓を探したら間に合わないからだ。

平時にあらかじめ調べておいて、このブロックならこの消火栓、というように即座に消火活動の準備が整えられたら、消火活動はスムーズに進む。そうしたら被災者や隊員たちを危険な目に遭わせる事態も少なくなるだろう。

昨日とは違う二人の雰囲気に、誰か気づくだろうか。仲直りをしたと思うかもしれないが、まさかエッチをしたとは思わないだろう。

急に昨晩の自分の痴態を思い出してしまった。少しずつ勃起して、自転車が漕《こ》ぎにくくなってくる。頬を赤らめて一樹は健二の後を追った。

とある消火栓の脇に自転車を停めて地図を確認している時だった。背後から自転車を押して一人の男が来た。

気配に振り返ると、体格のいいハンサムな男が自転車と一緒に立っていた。綺麗に日焼けした肌が整った顔を一層引き立てている。

どこかで見たことがあるような気がして、一樹はいぶかしげに目を細めた。向こうはこちらをじっと見ている。

消防士として、あるいは一私人として、挨拶《あいさつ》をしておこうかやめておこうか、微妙な線だ。だいいち、初対面のはずなのに既視感があった。

その男は、二人の脇を自転車を押しながらゆっくりとすり抜けた。見送るようにして男の後ろ姿を見る。何気なくしたことだったが、自転車の後輪カバーに「KIMURA」と白マジックで名前が書いてあるのを見た。

しばらく自転車を漕いでいたが、木村という名前でやっと気づいた。あの男、どこかで見たような気がしたはずだ。父親の手で仲を引き裂かれたガールフレンドの木村多恵子に目と鼻が似ている。

（そういえば彼女には弟がいたと聞いた気がする）

多恵子の名前を聞いて胸が痛んだが、会いたいという気持ちはあまり起こらなかった。おのれの変わり身の早さに嫌気がさすが、多恵子との仲は恋の真似事《まねごと》みたいだった。今のような燃えるような気持ちにはなっていなかったのだ。

健二と深い仲になってしまった今、自分にとって多恵子は真に過去の人になってしまったようだ。にもかかわらず多恵子の存在がクローズアップされてしまう。

心の中に黒い染みがポッンとできたようだ。一抹の不安が一樹を包み込んだ。

第四章　乱れそめにし…

お目見えの朝は快晴だった。南側の障子は真っ白に光っていて、幸先のよさを表しているようだ。

自分の衣装は洗ってはあるものの、何度も縫い直して着古した長着と、父からもらった帯だった。光があたるとつくろいの跡が見えてしまうのだが、割り切って胸を張っている。

何一つ恥じることはない。自分にそう言い聞かせた。失うものは特にない。むしろ、このような縁をいただいたことは嬉《うれ》しかった。

（家は一旦没落したが、これで……）

両親もたいそう喜んだ。教学院の稚児小姓になった時がどん底とすれば、今度の役目は願ったり叶《かな》ったりである。

おのれは素浪人である儀貝正次の嫡男だから、身分から言えば大名家の奥座敷に上がることはできない。だが、今日は殿さまの近習《きんじゅ》として召しかかえられるかどうかの大事な接見の日で、それゆえ静かな奥座敷に鎮座している。

一刻半ほど待たされていた。だが教学院ではもっと鎮座させられていたこともある。礒貝十郎左衛門正久は頭の中を空にして目を閉じていた。

様子をどこからか見られている……そんな気がしてならなかった。熱い視線が横顔にあたる。自分は試されているのだと正久は心を引き締めた。

浅野内匠頭は突然やってきた。襖《ふすま》がいきなり開いたと思ったらそこに立っていたのだ。無論、目をつぶったまま、気配で察したことである。

正久は動じなかった。今も試されているのだ。両手をついて静かに頭を下げる。すると内匠頭が満足げに言い放った。

「なるほど。堀部《ほりべ》が熱心に薦めるだけのことはある」

堀部というのは父親の古くからの知り合いで、浅野家の家臣でもある。堀部は正久の清《せい》楚《そ》で少年らしい風貌《ふうぼう》と学問好きなところに目をつけ、側《そば》小姓に推薦したのだった。

「おもてを上げよ。こちらを見るがいい」

「ははっ」

顔を上げて目を開ける。そこには思ったよりも年若い、端整な顔立ちの男がしゃがんでいた。

さっきから自分を見ていたあの熱い視線は、確かに目の前にいる内匠頭のものであった。色の薄い瞳《ひとみ》がこちらをまっすぐ見ている。

正久はここに来て初めて動揺した。自分はこの若々しく端整な男に仕えることになるのかもしれない。頬《ほお》が火照《ほて》ってくる。赤らんでいる様子を見られていると思うと、あまりの気恥ずかしさに目を上げることができなくなった。

もちろん、今まで稚児小姓として男色のお相手をしてきた。しかし、正久の相手は老僧だったのだ。

隠居した老僧が正久を気に入り、手放さなかった。手荒なことなど何もせず、ただ手を握ったり互いをさすりあったりするだけの、淡い交わりである。彼が亡くなり、心にぽっかりと穴ができたところで「浅野家の小姓に……」という話が舞い込んできたのである。

内匠頭にはなんともいえない色気があった。その色気に取り込まれて沼の中に引きずり込まれてしまうような予感に、正久は眩暈《めまい》がした。

(恐ろしい……)

まだ何もされていないというのに震えがくる。

「ふふ。そんなに気恥ずかしいか。こちらまでこそばゆくなってくるわ」

「……申し訳、ございませ……」

「まあよい。詳しい手はずは後ほど堀部から沙汰《さた》があるだろう」

「ははっ」

「ま、仲良くしようではないか」

軽口を叩《たた》きながら、内匠頭が肩をポンと叩いた。それだけで触れられた部分がカッと熱く火照ってしまった。正久はさらに目を伏せガックリと前のめりになった。

いざ召しかかえられてみると、内匠頭という殿さまには小姓が十名ほどいることが分かった。みなそれぞれに美しかった。着ている物も色とりどりな小振袖で、まるで芙蓉《ふよう》のようにあでやかである。

正久は自分で決めて、今まで通りの質素な衣服を心がけた。学問も続け、武芸も不得意ながら続けてみた。

琴と鼓だけは手慰み程度に抑えてしまった。というのは殿さまが音の芸事を好まないからである。特に琴が好きな正久は鹿革の巾着《きんちゃく》に琴の爪《つめ》を入れ、お守り代わりにいつも懐に入れておくことにした。

屋敷に詰めてみると、内匠頭の風変わりな趣味に瞠目《どうもく》せざるを得なかった。それは「火消」である。

かねてより火消に異常な情熱を持ち、私的に火消組を抱え、陣頭指揮も執っていたところ、幕府から奉書火消の職を任ぜられた。それを機に、熱意にさらに火がついた。

月一回は深夜の火災訓練がある。殿さまみずから火事場の装束に身を包み、勇ましく陣頭指揮を執る。本当の火災の時には先頭を切って火の中に飛び込んだ。無論、それは単なる無謀ではなく勝算あってのことである。

正久は殿さまが陣頭指揮を執る姿が好きだった。的確だし、勇敢だからだ。

そのうち、とうとう殿さまの側に上がる日が来てしまった。

風呂《ふろ》で身体《からだ》を清め、生成りの単衣《ひとえ》に細帯を締め、正久は寝間に向かった。よく見えるようになのか、行燈《あんどん》が二つ枕元《まくらもと》に置いてあった。それに桜紙……。

（やっぱり怖い……）

老僧と殿さまでは愛し方が違うだろう。男同士の色事については、知識はあるものの経験がない。未知の世界に正久はおののいた。

「どうした。震えているのか」

下腹に響く艶《つや》のある声だった。一つ褥《しとね》の中、お互いの顔が近い。

正久の背筋に沿ってつーっと指が這《は》った。

「はうっ……」

ゾクリとした。くすぐったいような痺《しび》れるような、妙な感覚だ。老僧はこのような愛撫《あいぶ》はしなかった。正久には初めての体験だったのだ。

「妙だな。そちは稚児小姓だったのではないのか」

「……はい。確かに務めましてございます。しかし、老僧のお供は添い寝して撫《な》でさするのみでございまして……あの……その……」

言葉に出すのも恥ずかしく、口ごもってしまった。内匠頭の方が察した。

「ほほう。手つかず、というわけなのか」

正久は恥ずかしさに思わず顔を隠してしまった。稚児小姓と銘打っておきながら、手つかずとは外れくじもいいところではないだろうか。

だが内匠頭は上機嫌だった。改めて正久を抱き寄せ、耳元でささやいた。

「初めてはな、少し痛いぞ」

「……」

消え入りたい心持ちだった。うつむいて黙り込む。内匠頭の尋問はまだ続く。

「それで、そちは女子《おなご》とはどうなのだ。手くらいは握っておるのか」

「は……あの、手を……少々……」

いたたまれない。ひどくいたたまれない。己の経験の浅さに震えがきた。

「ほほう。その女子は、武家の？」

「いえ、檀家の娘さんでした。遠目に見て、互いに気になっていたのです。ある日向こうから近寄ってきて、それで立ち話をするようになりました」

「ほう。隅に置けないな。それでどうした」

「は。それっきりにございます」

「ははは」

内匠頭は乾いた笑い声を立てた。

「なんとまあ、おぼこ娘のような稚児小姓であることよ。これは珍品だ」

はっと気づいた。腰のあたりに内匠頭の硬いモノがあたっている。わざとこすりつけているのだ。

老僧はいくら撫でさすっても決してこのようにはならなかった。正久は身を硬くした。

「ささ、まずは恐れずに触れてみよ」

手首を掴《つか》まれ、怒張にいざなわれてしまう。正久は寝間着の上から指で触れてみた。

(うわ、大きい……)

思わず唾《つば》を呑《の》み込む。恐ろしいくらいに勢いがあって反り返っている。このようなものを本当に受け入れられるのだろうか。この魔羅《まら》には強い力がこもっているのがこちらの腰に伝わってくる。それがなんとも魅力的で、正久は直接触ってみたいという気持ちを抑えることができなくなった。

そっと前をめくって手を入れると、驚くことに内匠頭は下帯をしていなかった。熱い肉塊の脈が直接指に伝わってくる。正久は血の流れを促すよう、指でこすり始めた。

「ああ……巧いな……」

「はい。撫でたりさすったりは、したことがございます」

教学院にいた時は、老僧のこの部分を撫でていた。なんとか奮い立たせようと指先や手のひらを駆使した。すでに硬くそそり立っているモノを撫でるのは初めてだが、「巧い」と言われても不思議はない。

クッキリと刻まれた裏筋を指の腹でこすりながら、ちらりと反応を窺《うかが》う。

「うむ……なるほど巧い。だが……」

内匠頭がむっくりと起き上がった。正久の帯に手をかけ、スルスルと外してしまう。

行燈の薄い灯《あか》りの前で、正久の裸体が晒《さら》された。下帯も外され、無垢《むく》な部分を隠しようがなくなってしまった。

「女子のように美しい身体だな。無駄のない、媚《こ》びのない身体だ」

薄い胸板に温かくて分厚い手がのる。わずかな起伏を愛《いと》おしむかのようにその手のひらがスルスルと動きだした。

「う……」

乳首に指があたるたび、身体がビクンとしてしまう。それと知らぬ間に乳首はコロンと硬く隆起していた。内匠頭は怖いくらいに真面目《まじめ》な顔をして、わざと両の乳首を指で弾《はじ》いた。

「あっ」

上体がピクンと跳ねる。恐ろしさと恥ずかしさとくすぐったさがない交ぜになって、正久は興奮し始めていた。

「ふうん、初めてのわりには、なかなか……」

手のひらが脇腹《わきばら》を撫で、下腹に向かった。

薄い下草の中に、すでに立ち上がっているものがある。それを見られるのが恥ずかしくて、正久の両手が思わずそこを覆ってしまった。

「これ、隅々まで見せるのだ」

「あっ、いやっ！」

内匠頭が正久の手首を摑んで左右に開く。押さえつけられていた肉の塔がむっくりと立ち上がった。

「うむ。実に清らかな……先だって拝観した、白衣観世音菩薩《びゃくえかんぜおんぼさつ》立像のようじゃ」

内匠頭の指が、正久のその部分にそっと触れ、すうっと撫でた。

「はうっ」

その部分から背筋に向かって、いきなり雷に打たれたようになった。

(なっ、なんだこれっ！)

老僧の撫で方とは全然違う。老僧はネコを撫でるが如《ごと》く撫で、内匠頭は最初から吐精を狙《ねら》って撫でているのだ。

一気に硬くそそり立ってしまった。それどころか先端から先走りの汁が溢《あふ》れ出てしまったのだ。

「ふふふ。早いな」

内匠頭が指先を濡《ぬ》らし、その指で先端をじわじわと撫でまわす。

「ああーっ、も、漏れてしまいますっ」

淫《みだ》らな快楽が正久を襲った。内匠頭の指こそが巧みだった。正久の鈴口はパックリと開き、二度三度と先走りの汁を噴き出してしまった。もう後は、本気の精汁しか残っていない。

(ああー、殿さまの前で吐精など、みっともない真似《まね》はできぬ！)

正久は歯を食いしばって昂《たかぶ》りを抑えようとした。だが指の動きは容赦がない。

「ふうん、我慢しておるのか。よい、よい。我が手のひらに出してみよ」

正久は耳を疑った。言葉が聞き違いでないと知ると、激しく動揺した。

「そ、そんな……そのような淫らがましきこと、お許しください！」

「ふふふ。気を遣《や》る姿が見たい」

ぐっと根元を掴まれた。

「ひっ」

昂りすぎるくらい昂ったところに強い刺激が加わり、精汁がぐっと昇ってしまった。鈴口付近まで来てしまうと、軽い刺激で飛び出してしまう。正久はしっかり目をつぶって心中で念仏を唱え始めた。殿さまの手の中に吐精とは、恐ろしすぎる。

視線を感じてハッと目を開けると、内匠頭がこちらの顔色を見ていた。右手は相変わらず淫らに動かし、正久の性感を揺さぶり続けている。

「ああ……恥ずかしゅうございます……」

「愛らしい、実に愛らしい。そちを喰《く》ってしまいたいくらいだ」

「ああ、もう……堪忍してください……」

「そちはもう儂《わし》のものだ。これからは儂の見ている前で吐精しろ。それ以外は駄目だ」

正久ははっとした。どこかで聞いたことがあるような言葉だった。遠く巡り巡ってまた聞いた、そんなような不思議な感覚だった。

内匠頭の方を見る。刃物のように鋭い目が情欲に燃えて、本当に愛しく思っている様子がヒシヒシと伝わってきた。

握る手首にひねりが加わった。薄い皮ごと肉筒がねじってしごかれる。

「ああー、そのような……もうダメッ！　出るっ！　お許しをっ！」

腰が二度三度と跳ねた。親指で先端をさすられ、頭の中が真っ白に弾けた。正久は若々しい白濁汁を殿さまの手のひら目がけて勢いよく放出し始めた。

「あっあっ、とっ止まらないっ！　お許しをーっ」

薄い下腹を浮かせたままピタリと止まる。

「あっ……あっ……あ……くっ」

最後の一滴まで外に出し、ガックリと崩れ落ちた。内匠頭は手のひらで受け止めた精汁をペロリと舐《な》めた後、おのれの怒張に塗り込み始めた。

「儂は一目惚《ひとめぼ》れしてしまった。これからはもう、お前を決して離さぬ」

儂のものになれ、と内匠頭は再度言った。正久は心地よい疲れの中、夢うつつのように言葉を聞いていた。このまま眠ってしまいたいと思った。

「初めては、ちと痛いが我慢だ」

ほっそりとした正久の両脚を左右に割り、腰を持ち上げる。「あ……まさか……」と思ったものの、全身の疲れで動くことができなかった。

精汁でぬらぬらした先端が後ろの孔にあてがわれる。

「あっ！」

引き裂かれるような激しい痛みが正久を襲う。短い悲鳴を上げた時にはもう先端がすぼまりを突破してしまったのだ。

「ああーーっ！　ぐ、ぐ、ぐぐぐうう」

歯を食いしばって痛みに耐えたが、息が荒くなってしまう。目の奥で火花が散った。

「うっ……初物はきつい」

「痛い、痛い」

自然と涙がこぼれ出た。この痛みを何にたとえたらよいのかまるで分からない、味わったことのない激しい痛みだった。

「じきにな、じきに痛みが消える。しばし待て」

内匠頭はじっと動かずに正久を抱きしめた。

「愛《う》い奴。初めて見た時から儂はもう……魂を引っこ抜かれてしまった」

「と、殿さま……」

どちらからともなく惹《ひ》かれ合い、唇と唇を初めて重ねた。

怯《おび》える正久の唇を、内匠頭の分厚い舌が割って入る。正久の舌を探りあて、激しく絡ませてきた。

不思議なことに、そちらに気を取られているうちに痛みが突然消えてしまった。孔には確かに肉筒が入っている。それは力を入れて締めてみればはっきりと感じられるのだが、痛みだけが溶けて消えてしまったのだった。

全身から緊張が抜けた。それを合図に中の肉棒がゆっくり動き始める。

「あっあっ」

たまらず、はしたない声を上げてしまった。

自分の精汁でぬるついた肉棒が全部抜かれたと思ったら、また突入してくる。そのくり返しをしているうちに、下腹の奥からじわじわと快感が湧《わ》き起こってきてしまった。

まるで裏側から魔羅をこするような、初めて味わう快感だった。気持ち悪さと紙一重なのだが、それだけに鳥肌が立つような凄味《すごみ》があった。

正久は思わず内匠頭にしがみついた。しっかりと抱いてもらわないと魂が抜けて飛んでいってしまいそうな気がした。

出口付近まで退いた魔羅がズンと深く突き入れられる。

「うっ……あう……殿……さ……ま……」

「おお……よい味じゃ……」

＊　＊

またもや自分の声で目が覚めた。同時に健二も目が覚めたようだ。

「おい、また妙な夢を……」

健二が途中まで言いかけた途端、館内放送が入った。

二人はノータイムで飛び起き、階段に向かった。今夜は二人とも当番で、もし火災が起こったら飛び起きて出場しなければならなかったのだ。

高鼻署ではだいたい、夕方から夜にかけての火災が一番多く、深夜は案外少なかった。一樹が深夜出場するのは三回目だが、勤務日数を考えるととても多い方らしい。

ポンプ車に乗り込んで所定の位置に座る。後れはとらなかった。

それにしても助かった、と一樹は胸を撫でおろした。あんな淫夢《いんむ》を見た後だと、健二の顔をまっすぐ見られない。火災出場がいい気分転換になった。

最近は一樹も出場の先頭を切るようになっていた。先輩たちの手順を見ているうちに、自分に合った支度の手順にちょっとしたコツがあることが突然見えてきたのだ。それからかなりスピードアップできた。

以前健二に言われたことがずっと頭に残っている。それはスピードで負けないことではなく、統一や調和を乱さないということだった。乱れれば気が散る。気が散ればうっかりに繋《つな》がる。あれ以来、一樹は制服一つ着るにも細心の注意を払うようになった。

それに、最近では火災現場で業火を見ても、全然怖くなくなった。健二がそばにいれば怖くない。力ずくで火災をねじ伏せるあの手で身体中を愛撫されている、そのことが一樹に火を恐れないパワーをくれる。

火災場所は昭和横丁といううらぶれた飲み屋街の一角だった。横丁の奥の隅、閉店取り壊しになって空き地になった場所である。

ちょっと前に、健二と見てまわった場所の一つだった。一樹は素早く放水用の水利を確保した。ホースを繋ぎ、すぐに消火活動に入る。救急車も救護活動に入った。

もっとも、素早い出場のお蔭《かげ》かボヤ程度で済みそうだ。

自分の分担の消火活動が一段落したところで、一樹は見物人をそっと見渡してみた。

先日の小学校の時にちらりと見た青白い顔の男を探す。

（あ、あれ、あの男……？）

何度か見渡していて、やっと見つけた。黒いサングラスにニットの帽子を深々とかぶっていたので気づかなかったのだ。

サングラスの男はこちらをまっすぐ見ているような気がする。一樹は火災をバックに見物人の方に一歩歩み出した。

黒サングラスの男はにやりと笑うと人垣の向こうに消えてしまった。すると、目の端でもう一人、立ち去ろうとする奴を見つけた。

一樹は自分の目が信じられなかった。その男は例の自転車の男、キムラだった。元カノの弟じゃないかと疑ったあの男だ。

「あ、ちょ、ちょっと待って……」

追いかけて走りだそうとして、うねって置かれたホースにつまずいた。重い防火衣を着ているせいで、体勢の立て直しが間に合わない。一樹は派手に転んでしまった。なにせ装備一式で二十キロ近い。

「あいたたた……」

膝《ひざ》をさすりながら起き上がった時には、二人とも煙のように消えてしまっていた。

キムラはともかく、あのサングラスの男は怪しいと思う。消火活動が終わったら、刑部に知らせようと一樹は決心した。

（気づいたことはなんでも教えてくれと名刺をもらってあるんだし、こないだは迫られて妙なことになってしまったけど、一応刑事さんなんだし、大丈夫だよね……）

そんなこんなで、消火活動を終えて日誌と報告書を書いたらもう朝が来てしまった。大交替を終えて、一日休暇に入った。部屋に入った途端、健二が話しかけてきた。

「カズ、今日の予定は？」

「あ……ちょっと、友達に会いに行ってきます」

とっさに嘘《うそ》をついた。刑部のところに行くと言えば心配するだろうし、反対をするかもしれない。健二が前日の訓練を頑張りすぎていたのをよく知っているだけに、無用な心配をかけたくなかった。それに、自分が部屋から出ていればゆっくり休めるだろう。

警察署は道を挟んだはす向かいに建っている。一樹は道を渡って刑部を訪ねていった。前もって携帯メールで訪問を打ち合わせてある。刑部は取調室の一つを空けて待っていた。

刑部功が捜査一課の刑事だということを、警察署内で見て改めて認識した。捜査一課は殺人、強盗、暴行、傷害、誘拐、立てこもり、性犯罪、放火などの捜査を扱っている。フロアにいた刑部以外の刑事は皆、「いかにも」という感じの強面《こわもて》なのが面白かった。こんな職場だと、刑部の美形がひときわ目立つ。

「さあどうぞ、ここに入って」

エスコートされて初めて取調室なるものに入った。ドラマみたいに狭くて無機質で窓が小さい。中は灰色とクリーム色と黒のものだけしかない。

「うわ、本格的取り調べですか。恐ろしい」

笑いながらスチールの椅子《いす》に座り、スチール製の机を挟んで刑部と向かい合う。

「さて、放火犯のことで何か報告があるってことだけど……」

健二に殴られたあの夜のことなど、まるでなかったように澄ましている。もちろん一樹もあの夜のことは忘れるつもりだった。

「はい。実は昨日の放火で、不審な人物を見かけました」

刑部の顔が引き締まった。

「どうして不審だと思ったの？」

「それは、前の放火の時にも彼がいたからです」

「彼っていうことは男なんだね。見間違いではないのかな」

刑部が長くて綺麗《きれい》な指でこめかみを押さえる。仕草がいちいちかっこいい。一樹はテレビドラマの中にいるような気になってきた。

「間違いじゃないです。目が合いました」

「どんな様子の男だったかな」

一樹は分かる限りの特徴を述べた。自転車の男・キムラについてはなんとなく伏せておいた。怪しいことは怪しいのだが、火の方でなくて放火犯の方を監視していたのが気になるからだ。とにかく一番怪しいのは黒ずくめのあの若い男だ。

「ふむ。確かに疑わしい男だな」

一通り話を聞き取った後、刑部が両手指を組んだ。

「この放火犯は、衝動的な愉快犯じゃないことは確かだ。目的があって火をつけている感じがする。犯行は非常に緻密《ちみつ》で、丹念に場所選定をしている。というのは、時間帯によって人通りが途絶える場所を狙ったりしているからね。普段からこのあたりを入念に調べているんだろうね」

刑部は手にしたボールペンを指の上でクルクル回しながら考え込んだ。一樹はその様子をじっと見て待っていた。

パタッとボールペンを置き、ちらっと一樹を見て逡巡《しゅんじゅん》しながら、刑部が口を開いた。

「実は内々で、前科者や疑いの濃い者を絞り出している作業中だったんだが、チェックしてみてくれないかな」

「はい。僕でよければ」

刑部が用意して持ってきたのは、はがき大の写真だった。全部で五枚ある。それを一枚一枚丁寧に見てみたが、一樹は首を横に振った。

「この写真の人たちは全員中年より上です。僕が見たのはもっと若かった」

「それは君よりもってこと？　間違いなく？」

「はい。下手をすると十代かも……」

「ふむ……」

椅子がギシッと鳴った。

「放火犯は年々減る傾向にあって、年齢層別にみると高齢者が一番多いんだよね。連続放火犯の九割が男性という過去データもあるから、警察としては高齢の男性を中心に選別せざるを得ないわけだ」

「うーん……でもそれは……」

初動の失敗では、と言おうとしたが、口をつぐむ。もちろんそれは彼もよく分かっているだろう。だからこそ、自分に写真を見せたのだ。否定のために。

「とにかく、もう一度防犯ビデオを洗ってみる。有効な情報提供、ありがとう」

一樹はほっと肩の力を抜いた。刑部がほほえんだ。

「お疲れ。最近、消防の仕事は慣れた？」

「はい。今年中に僕も自動車の免許取ろうかなあ、と思う程度には慣れました」

消防署の特殊車両を動かすには自動車免許がいる。救急車やポンプ車は普通免許で大丈夫だが、梯子《はしご》車は大型免許、レッカー車は大型特殊免許が必要になる。

「あれ？　普通免許、持ってないの？」

一樹は頷《うなず》いた。

「両親が許さなかったんです。息子が自動車事故を起こしたら政治生命が終わるからって。まだ何も始まってもいないうちから、絶対事故を起こすっていう前提なんですよ」

「ははあ。きっと親父《おやじ》さんは、本気で君を後継者に仕立てたいんだ。政治家になる前に自動車で人身事故なんて、目もあてられないからなあ。で地盤と鞄《かばん》は継ぐの？」

一樹は首を横に振った。

「僕は跡継ぎになるだなんて、一言も言ってないですよ」

「しかし、特に反対はしなかったんだろう？」

「ええ、そうですね。当時の僕は、唯々諾々というか……」

「総務省から消防庁に出向したのも、親の意向なんだよね？」

「はい。父親が総務大臣になったのが直接のきっかけですが、消防士の経験を売りにすれば選挙で有利だからって……」

「……親父さんもいろいろ考えてるんだなあ」

「でも、僕は跡継ぎにはなりませんよ」

「じゃあ君は、このまま消防士を続けるのかい？　総務省はどうするの」

「辞めます」

とっさに言ってしまって、一樹は自分でびっくりした。だが一旦言葉にしてしまうと、それが当初からの本心だったように思われてきた。

「なんだって!?　親父さんはそのこと知ってるのかい？」

「いいえ。たった今、心がはっきり決まりました」

自分もこの仕事をとことん突き詰めてみたくなった。健二のような、冷静で勇敢で優れた消防士になりたい。

「僕はこれから、救命救急士の資格を取るんです。いずれはハイパーレスキューもやってみたい」

健二が夢中になる世界に、自分も飛び込んでみたくなった。一緒なら怖くない。

「さて、僕はこれで失礼します」

「あ、ああ。また何かあったら連絡をくれよ」

「分かりました」

「キミ、なんだかどっしりと落ち着いたね。危なっかしい感じがなくなった」

「そうですか？」

「今、健二と相部屋なんだって？」

一樹の顔が火照った。健二との行為をいろいろと思い出してしまったのだ。

刑部は一樹の動揺を笑みを浮かべて見ている。見透かしているのだ。

「君は本当にそれでいいのかい」

「えっ」

刑部は一樹の表情の変化をじっと見つめていたが、やがて肩をすくめて苦笑い、首を横に振った。

「やれやれ。俺はとんだピエロだな」

パタンと調書を閉じる。

「とにかく、情報提供を感謝します」

ガタンと音を立てて刑部が立ち上がる。一樹もつられて立ち上がった。

警察での用はあっけなく終わってしまった。

表の道路に出ると、ちょうど当番中の消防署員が出場するところだった。

第五章　もの思う身は…

まっすぐ寮に帰る気がせず、映画を観たりウィンドウショッピングをしたりした後、一樹は近隣の住宅街を歩いていた。

（ちょうどいいから、この辺の水利をチェックしてみようかな）

ホースの水の確保は何より大切なことだ。昼間と夜とでは印象もだいぶ違う。火災の時慌てないよう、担当地区のありとあらゆる場所の、しかも昼と夜のありさまを確認しておく必要を一樹は強く感じていた。

先日の昭和横丁を通り過ぎ、雑居ビルが乱立する一画を通る。一帯は廃墟《はいきょ》寸前の建物が多く、人通りも少なかった。

雑居ビルの、店を畳んだ居酒屋の前を通り過ぎようとして、ふと目の端で動いたものに気を取られた。建物と建物の間に、こちらに背を向けて男がうずくまっている。目を凝らして見ると、一瞬炎の揺れが見えた気がした。

（あっ……あれは……放火⁉）

音を立てずに戻って覗《のぞ》いてみる。夕刻ではっきりとは分からないが、火災現場で見たあの男のような気がした。

（犯行を目視できるといいんだけど……）

立てかけてある廃材の陰に隠れて様子を窺う。やがてその男は落ち着きがなくなった。二度ほどあたりを見渡して、撤収を決めたようだ。一樹は後をつけてみることにした。とりあえずＬＩＮＥで健二に様子を知らせる。放火犯らしき人間の後をしばらくつけてくると断って、マナーモードにした。

不審な男は公園の方に歩いていく。一樹はかなり離れてぶらぶらと歩きながら目を凝らしていた。

（やっぱりこの間の男……かな）

遠目で暗くてよく分からないが、若い男であることは間違いないだろう。男は公園の中に入ろうとして方向転換し、その瞬間、街灯の光が横顔にあたった。

（あっ、やっぱり先日の男だ……）

だとしたら現行犯逮捕できたらよかったのに……。惜しいことをした。

男は公園のメインストリートを進んでいく。一樹は脇道から駅伝の伴走のようについていったのだが、背の高い植え込みのせいで見失ってしまった。

メインストリートに出て三百六十度見回してみたが誰《だれ》もいない。仕方なく出口の方に向かって歩いた。

突然、目の前にスニーカーの爪先《つまさき》が現れた。目を上げるとそこに例の男がいた。

「あ……」

思わず声を上げてしまうと、男がにやりと笑った。やっぱり前に放火現場で見た青白い顔の若者だ。少年といってもいいくらい年若く見えた。

「俺の後をつけて、なんの用?」

声変わりはしているから二十歳前後くらい?

「あ、いや……知り合いかと勘違いしたんだよ。追いつこうと思って」

とっさに嘘をついた。

「嘘。君は高鼻署の消防士でしょ。名前は相沢一樹。総務省の官僚が消防庁に出向だなんて珍しいね。父親の威光かな」

(しまった!)

罠《わな》にはまってしまったようだ。若者は周到に下調べしていた。

「どういうつもり?　僕のことをコソコソ調べてなんになるんだよ」

「ふふふ。俺は君に興味があるんだよ。今日は非番だって知ってるから、外出するところからずっと後をつけていたのさ。あの刑事とも仲がいいんだね」

一樹は背筋がうすら寒くなった。まさか自分が放火犯にここまで粘着されているとは、夢にも思っていなかった。

「僕たち、以前どこかで会ったがことあるのか？　そんなふうに粘着されるほどの接点が、僕たちにあるとは思えないけど」

「ないよ」

放火犯はあっさりと言う。

「俺の一目惚れさ」

「……」

聞き違いかと思って一樹は黙っていた。それともからかわれているのだろうか。

一目惚れされるほどの接点があった覚えはない。自分の記憶に間違いがなければ、それこそ今が初めてのはずだ。

「そんなこと言われても、僕は君をまるで知らない。名前すら」

「氷川涼介。今は専門学校生」

「氷川君はまだ学生なのか。どうしてあんなことをするの？」

「あんなことって？」

「君、僕が疑ってることに気づいているんだろ？　放火だよ」

涼介は鼻で笑った。

「自首してもいいけど、条件があるよ」

「どんな条件？」

「俺についてくること」

踵《きびす》を返して涼介が歩きだす。一樹は後ろについていった。

公園を通り抜けたところに一台の自動車が停まっていた。綺麗に手入れされた漆黒のアルファロメオ4Cだった。子どもの運転する車にしては贅沢《ぜいたく》だ。

（この子、どういう子なんだろう？　二十歳《はたち》そこそこだと思うんだけど、放火犯だって親は知らないのかな）

いわゆる金持ちの放置子というわけなのだろうか。

中高一貫校に通っていた時、確かにこういう子はいた。自分の競走馬を持っていたり、遊びに行ったヨーロッパから「暇だから」と気楽に携帯電話をかけてきたり、巨人戦を特別なVIPルームでシャンパンを飲みながら観戦したり……。

「どうするの？　自首してほしくない？　火をつけた理由知りたくない？」

危険だが好奇心にはかなわなかった。

涼介の運転で暗い道路を走り始める。高速に乗って小一時間ほどかかって到着したのは、川沿いにポツンと建ったコテージ風一軒家だった。

「ここは親の別宅なんだよ。俺が管理している」

「へえ。凄いね」

一樹の心に不安が黒雲のように湧き上がってくる。直感だった。思わず足が止まると、涼介が振り返って他意はないというポーズで両手を開いて肩をすくめた。

「どうする？　ここで帰る？　俺は別にいいよ。じゃ、さよなら」

「おい、ちょっと待て！　行くよ！」

「そうこなくちゃ、ね」

上機嫌な涼介の後に続いて家の中に入る。生活臭のないそっけないしつらえだった。リビングには応接セットと大型テレビ、分厚いラグだけしかない。奥の部屋にベッドがあるらしいが、全体的にガランとしていた。

「冷えてるよ」

ワイングラスを手渡された。スパークリングワインのようだが怖くて飲めない。口をつけた振りをしてサイドテーブルに置く。その様子を涼介はじっと見ていた。

「気持ち悪くて飲めないのかい」

　感情の読み取れない目に凝視されて、一樹は狼狽《ろうばい》した。

「いや、そういうわけじゃないけど……」

「だったら飲めばいいじゃない。ヴーヴ・クリコだよ。よく冷えて美味《おい》しいよ」

「……」

「君が俺を信頼しないなら、俺も君を信頼しないよ。それでもいいの？」

「……分かったよ」

　細身のグラスを持ち上げて一気に飲んだ。

「これでどう？　いいだろ？」

　涼介が満面の笑みになった。その笑い方が気に入らない。心の中にささくれができたような、妙な気分だった。

「君はなぜ、放火なんかしたの？」

「ああ、あれ？　消防士さんの働いている姿が見たいからさ。特に君の」

「なっ、何を！　自分が何を言ってるのか分かってるのか？」

「分かってるさ。それより気づいてなかったのか？　放火されるのはいつも相沢一樹が当番の時だろうに」

「……」

愕然《がくぜん》とした。確かにその通りだったからだ。

今まで放火犯の捜査は外に向かってしていた。すなわち地図上の地点を見て犯人の足取りからプロフィールを作り上げたり、放火に使った道具を購入した店を探そうとしたり、周辺の聞き込みをしたり……。

消防士の側に解決のヒントがあるなどと、誰が想像しよう。

「君は……その……」

突然呂律《ろれつ》が回らなくなってきた。上体がふらふらし揺れ始める。涼介の笑みが顔いっぱいに広がって、赤い口がパックリと横に裂けたように見えた。一樹は次第に目を開けていられなくなった……。

——鈍い頭痛で目が覚めた。最初頭の中が混乱して、どこにいるのか思い出せなかった。確か、住宅街で水利を調べていたはずだ。

起きようとして、両手を上げた姿で吊《つ》り下げられていることに気がついた。踵《かかと》を上げれば手首に負担をかけずに立っていられるような状態だ。

「えっ?」

一気に目が覚めた。肌寒かった。腰を覆うものすらない素っ裸の状態で、自分は縛られてしまっていたのだ。

「やあ、起きた？　普段あまり薬を飲まないんだね。効きすぎてこっちがびっくりしたよ」

「おい、なんでこんな格好をさせるんだよ！　勝手に縛るなよ！」

「さすが消防士だけあって威勢がいいね。そんな恥ずかしい格好、俺だったら萎縮《いしゅく》しちゃうけどな」

「……」

一樹は黙り込んでしまった。改めて自分の置かれた状況に総毛立った。

「どういうつもりなんだよ。ほどけよ」

「そうはいかないよ。やっとここまで縛り上げたんだから。大変だったんだよ、意外と筋肉質で重いし……でも、ぐっすり寝ていてくれたから、あちこち悪戯《いたずら》できたけどね」

「やめろおぉ」

一樹は必死で身体を揺さぶった。だがどうやって縛り上げたのか分からないが、上にあげて交差した手首がキッチリ締まっていて緩まないのだ。普通にしていれば鬱血《うっけつ》はしないのだが、暴れると途端に手首に全体重がかかってしまい、激しく痛む。いかにも男を縛り慣れているような感じで気味悪かった。

「すごくいい格好ですよ。やっぱり綺麗な肌に麻縄がよく映える。今度は赤いのを買ってこよう。一樹には黒より赤の方がいい」

「おい、馴《な》れ馴れしいのはやめろ！」

「俺にそんなクチをきいていいのかな。ほら、こんなことされちゃうよ」

涼介がいきなり無防備な脇腹を撫で上げた。

「ひっ！」

くすぐったいのと気持ち悪いのとで一樹は焦った。指の腹が浮かび上がった肋骨《ろっこつ》をねっとりと撫でたのだ。

「やめろよ。放せよ」

涼介はクスクス笑っている。

「天下の官僚さまが恥ずかしいなあ。股間《こかん》も隠さないなんて、目のやり場に困るよ」

「おいっ！」

このタイプの屈辱は初めてだった。驚きと怒りとではっきりと目が覚めた。

「やっぱり薬を盛ったんだな！　卑怯《ひきょう》者！」

「卑怯で結構です。俺は相沢一樹を自分だけのものにしたかったんだ。こうやって自分のモノにできたら、他はどうでもいいよ。一樹が俺のモノになるなら犯罪者になってもいいくらいだ……」

「おい、やめろっ！」

涼介の手が、一樹の太ももの裏を撫でた。あまり他人に触られることのない部分である。くすぐったいし恥ずかしいのだが、反応したら余計にコイツをつけあがらせると気づいた。歯を食いしばって無言を貫くことにした。

「急に静かになったね。でもこっちは君が眠ってる間にいろいろと見ちゃったし、今さら気どっても仕方ないよ」

「！」

むかついたが、どうしようもないから無言でいた。何度も深呼吸をして目をつぶる。

涼介の手のひらはじわじわと動いていた。妙に手つきがいやらしくて、この段に至ってようやく一樹は丸裸にされた理由に気づいた。

（こいつ、僕に変態行為をしようとしてるのか。くっそう）

口をきゅっと結んで無表情を貫く。こういう輩《やから》には無視無反応が一番だ。

「嫌がるなよ。俺とも楽しもうよ」

手のひらが尻《しり》を撫でる。

「俺だって、意外とテクニシャンなんだよ。なんたって男慣れしてるから」

「……」

尻の丸みに合わせた手のひらマッサージに、背筋がゾクッとした。確かに涼介の手の動かし方は妙にいやらしく、しかもこちらの感情を揺さぶる。肉体の欲望が無理やりこじ開けられてしまうような恐怖が一樹の内側に広がった。

「やめろよ！」

身体を前後に激しく揺すって涼介の手から逃れようとするのだが、徒労だった。しばらく無理やり動こうと頑張っていたのだが、疲れきって動けなくなってしまった。

動けなくなることを見透かしたように、尻や太ももを撫でていた手のひらが鼠蹊部《そけいぶ》に入り込む。そこにはもっとも無防備な物がある。一樹は緊張した。いよいよ来たかという思いで、出された飲み物を飲んだことを心底後悔した。

涼介の手のひらが、まだ力なく垂れ下がっているその部分を両方すくって、軽く揺さぶった。

「感激だなあ。あの一樹さんの——をこんなふうにいじくれるだなんて」

「……やめろよ」

「結構ずっしりしてますよ。ほら。溜《た》まってるのかな。でもさっき、あの刑事さんとシッポリやってたんじゃないんですか？」

「……そんな仲じゃないよ！」

「ほほう……本当かなあ」

涼介は竿《さお》の根元を持ち、やわやわと揉《も》み始めた。

（この変態野郎！）

一樹は歯を食いしばった。絶対感じない。自分に暗示をかける。

股間をいじる手が次第に強く握ってしごき始める。情けないことに若い肉体は少しずつ、反応してしまっていた。あの健二との激しい夜が熾火《おきび》のようにじわじわと一樹を燃やしていたことに、今気づいた。

身体が火照ってきた。性的に興奮すると身体が疼《うず》くのは、健二との蜜月《みつげつ》生活で覚えこまされた新しい身体のクセだ。

「ふうん。思ったよりずっとエッチな身体なんだね。俺を誘ってるみたいだ」

「なっ……誘ってなんか、ない！　嘘つくな！」

「でもほら、何度も開いたりすぼまったりして、咥《くわ》え込みたいみたい」

涼介の指がいきなり秘孔に貼《は》りついた。知らないうちに何かを塗ったみたいで、指先がひんやりとしてぬめりを帯びている。

「やめろっ」

一樹は大声を上げて身体を揺すった。涼介の手を振り落とそうとしたのだ。だが両手を吊り上げられた肉体にできることなどほとんどなかった。踵を上げてじっと立っていないと、手首に全体重がかかってしまう。

涼介の指は敏感な孔をゆっくりと撫でまわし、時折わざと中心部に指を立てようとする。

「やめろっ！」

縄がギシギシ鳴った。

「誰とも何もしてないなら、別に指を入れられたっていいんじゃないの？　それとも恋人が中に出したのが残ってるとか？」

「放せ！　やめろよ！　うわあっ」

指が侵入してきた。一樹の背中に鳥肌が立つ。好きでもない男の指で感じさせられたくない。これ以上侵入しないように、力いっぱい喰いしめた。

「うわ、凄い締めつけ……やらしい身体だなあー」

涼介はこの状況を心から楽しんでいた。指の入り込んだところに新たなローション状のものを垂らし、潤滑をよくする。

「あっ」

ひんやりした液体が指の動きとともに中に入ってきた。こうなるといくら喰いしめても指は滑らかに動いてしまう。

「あっ、駄目だっ！　もう頼むから、やめてくれよ！」

指が二本に増えた。男の身体を知っていると豪語していただけあって、前立腺《ぜんりつせん》マッサージの仕方もツボを心得ている。一樹は呼吸が苦しくなってきた。

自分でもペニスが次第に立ち上がってきているのが分かる。ドックン、ドックンと膨張をくり返して先端が過敏になってきた。

「ほんとに……やめてくれ……これ以上、辱めないでくれ」

涼介は一樹の尻をピシャリと叩いた。

「辱めないで、だなんてやっぱり君はいいね！　育ちのよさが滲《にじ》み出てるよ。すごくいい。犯し甲斐《がい》がある」

一樹は死にたいくらい恥ずかしかった。こんな情けない格好で放火犯に大事なところをいじられて、しかも勃起《ぼっき》してしまっているのだ。

「ああいいよ、すごくいい。やっぱり頑張って一樹をモノにした甲斐があった。もう放さないよ。俺とずっと一緒にいるんだ。俺のお兄さんになってもらうよ」

そのためだと言って涼介はデジカメを取り出した。一樹の顔が入るように写真を撮り始める。最後にはズボンの尻ポケットからカード型になった消防士の身分証を持ち出して、屹立《きつりつ》し始めた一樹のモノの横に写りこませた。

「あーあ、こんな写真、出まわったら恥ずかしいよね。僕なら恥ずかしすぎて死んじゃうよ。だから大事にしまっておこう」

「……くそったれ！」

涼介はいずれ、この破廉恥な画像を自分との交渉のカードに使うだろう。

一樹は絶望の思いで目を閉じた。本当に、どうして単独で尾行などしてしまったのだろう。そしてどうして飲み物を飲んでしまったのだろう。

これ以上辱めを受けたくない。勃起がおさまるように必死で祈るしかない。

フラッシュとともにシャッターの音が二度、三度、聞こえた。一樹は後ろ手の手のひらをギュッと握って口を一文字に結ぶ。

（……いや、負けるもんか）

健二の顔が脳裏に浮かぶ。こんな奴になんか負けるものか。絶対へこたれない。醜態を見せない。屈するもんか。心に誓った。

カメラを脇に置いた涼介が再びローションを指につけ、一樹の秘孔を触り始めた。

今度は何も言わず心を閉ざすことを心がけた。指は執拗《しつよう》に外側を撫でまわし、時折奥に入ってくる。

ローションで充分潤ったその部分はいとも簡単に指を受け入れてしまっていた。いくら力を入れてブロックしても、ローションの働きにはかなわなかった。

じわじわと入ってくる。焦《じ》らして楽しんでいるのだ。これ以上入らないというところまで押し込んで、指をクイクイ折り曲げた。

「どう、入ってくる瞬間と、抜かれる瞬間と、どっちが好き?」

「……ぐ……む……」

必死で無表情を貫く。今度はゆっくりと引き抜かれた。健二によって丁寧に耕された身体は鋭敏で、先走り液がまたほんの少し溢れ出る。

屈辱感で頭がおかしくなりそうだ。射精願望がじわじわと一樹を蝕《むしば》み始める。足元から崩れ去ってしまうような頼りない心もちだった。

「くっ……」

小さくため息を漏らす。深呼吸でなんとか感情を抑えようとした。

(感じちゃ駄目だ!)

健二の姿を思い浮かべる。彼以外の男とはしたくない。

「本当は気持ちいいんだろ?　声に出せばいいのに」

「馬鹿野郎!　放せ!」

はらわたから声を絞り出した。頭の中で自分に必死で言い聞かせる。

（気持ちよくなんか、ない。感じてなんか、ない。興奮なんて、してないっ）

涼介の指の動きが大胆になってきた。内部から先走り液をしごき出そうとして、指の腹でグイグイ押してくる。堪《こら》えきれずに先走り液が大量に溢れ出た。

「もっ、もう、やめろ……」

「まだこれからさ。一樹兄さんは健康な男子なんだから、何度だって射精できるよ。限界まで挑戦しちゃおうよ」

「兄さんはやめろ！　お前みたいな、お前みたいななあ」

「ふふふ。兄さん、威勢がいいね。ますます惚れた。こんな面白いオモチャ、初めてだよ」

涼介の指がドリルのように回転した。

「くっ……うぐっ……」

恥ずかしい部分が刺激でさらに怒張してしまう。もう本気の白濁液が先端まで来てしまっている。あと一押しで精をほとばしらせてしまいそうで、一樹は必死で堪えようとした。

「頑張りますねえ」

涼介が感心したように言いながら、指をゆっくり引き抜いた。案外これがボディブローのように効いてくる。一樹は両脚の爪先を激しく動かして気を紛らわそうとした。

（駄目だ！　落ち着け！　出すな！　出しちゃ駄目なんだよ！）

必死で言い聞かせるが、もう駄目かもしれないという諦《あきら》めが水に落ちた墨汁の染みのようにじわじわと広がってくる。

（ああ……先輩……僕……もう……駄目……かも……）

陰嚢《いんのう》が緊張して縮まってきた。秘孔に再び指が侵入してきた。今度はゆっくりと出し入れし始める。一樹の肉体はこの刺激を待ちわびて焦れていたのだ。快楽が巨大な波となって一樹の身体を突き上げた。

「あっあーっ！」

声を出した途端、自分の中で何かがプツンと切れた。怒張しきったペニスから我慢を重ねた白濁液が叫び声と一緒に噴き出すのを、止める術《すべ》はない。

「やっ！　やめろおおお」

嫌な奴の見ている前で、噴出してしまった。一樹は打ちひしがれ、がっくりとうなだれた。

傍らでデジタル音が聞こえてきた。この様子をビデオに撮っているのだ。

「くそぉっ……」

涼介はファインダーを覗きながら嬉しそうだった。

「この状態からまだ屈しないだなんて、一樹兄さんはやっぱり凄い！　俺はもう絶対、君を放さないよ。こんな素敵な人だとは……」

その時突然、玄関チャイムの音が鳴った。涼介は居留守を使おうとしたが、執拗に鳴っているのが気になってインターホンを覗きに行った。

「お前、正純！　どうしてここに……」

「いるのは分かってるんです。入れてください！　じゃないとここで怒鳴ります！」

「今日は駄目だ。帰れよ」

「いや！　帰らない！　バイクで後をつけてきたんです。二人が一緒にいるのは分かってます。入れてくれないと、隣近所を呼びます！」

舌打ちをして涼介が玄関に行く。やがて正純を連れてリビングに入ってきた。涼介は不服そうに独り言を言っている。

「まあ、そのうちお前にも協力してもらうつもりだったからいいけど。順序が狂っちまったなあ」

「あっ……これは……」

正純は、天井の梁《はり》から伸びたロープで両手を縛られた一樹を見て声を上げた。

「凄い格好……やっぱり涼介さん、浮気してたんですね。この人、ノートパソコンに誘拐計画が書いてあった、相沢一樹っていう男ですよね？」

「お前、俺のノートパソコンを見たのか⁉　いったいいつだよ」

「僕、心変わりしたあなたに捨てられてしまうんじゃないかって……それで盗み見るアプリを……」

涼介はとっさに嘘をついた。

「馬鹿だなあ。お前を捨てるわけないだろ」

正純の筋肉質な身体を抱き寄せる。

「どのみち俺一人じゃ監禁しきれないから、手伝いが必要だったんだよ。お前が一の恋人で、こいつが二番目。二人のオモチャにしようぜ」

「えっ？　二人の？　ほんと？」

正純は明らかに機嫌を直したようだった。

一樹は目を凝らして正純の横顔をずっと見ていた。以前、水利調査中に見た男、放火現場でギャラリーの中にいた男に間違いない。別れさせられた彼女によく似た男だ。どうしてここに来たのだろう。

だが疑問は二の次だ。一樹は叫んだ。

「おい！　とにかく助けてくれ！　君はこの状態を、異常と思わないのか？　とにかく縄を解いてくれよ！　頼む！」

声は正純に無視された。正純は涼介の足元にひざまずき、太ももにすがった。

「僕……この人と接点があります」

涼介が目を丸くした。

「なんだって!?　そりゃやばいな。知人？　それとも友達なのか？」

「氷川さんのファイルの中身を読んでいて気づいたんです。この人は姉の元ボーイフレンドです。姉は国会議員の息子と付き合っていたんだけれど、父親の命令で秘書が来て、手切れ金渡されて無理やり別れさせられていました」

（やっぱり多恵子の弟だったのか……）

一樹は愕然とした。巡りあわせの最悪のタイミングだった。

「でも、国会議員といってもたくさんいるよ。正純の勘違いじゃないの？」

「いや、間違いではないです。姉は、総務大臣の秘書が来て、手切れ金から携帯解除から引っ越しから何から何まで手際よくやっていった……って言ってました」

「総務大臣の息子なら間違いないな。驚いた。二人がそんな縁だとは奇遇だね」

「純情な姉は振られてショック受けておかしくなっちゃいました。心から惚れた相手がいきなり秘書よこして手切れ金だなんて、可哀想《かわいそう》に……」

「ち、違うんだ。僕が何も知らないうちに父親が勝手に……」

「うるさい！　黙れ！　お前のせいで姉ちゃんはすっかり変わっちまったじゃないか」

「多恵子ちゃんは元気なのか？　僕だってずいぶん気にしてたんだ」

「今は風俗勤めで母親を養ってるよ。もう恋はこりごりなんだと」

一樹はショックを受けた。自分のせい で……と思うといたたまれない。

「……すまない」

「うるせえ黙れ！　姉ちゃんの代わりにお前の身体をボロボロにしてやる！」

「まあまあ、最初はお手柔らかにやろうよ。徐々に色狂いにして、やくざ相手の男妾《おとこめかけ》にするのはどうだ？」

「……氷川さん、僕は氷川さんがコイツを取って、僕を捨てるんだと思ってました」

すかさず一樹が叫ぶ。

「そうだ！　その通りだぞ！　さっきこの男はそう言った！」

「お前は黙れ！　誰がお前の言うことなんか信じるもんか！」

無防備な脇腹に蹴《け》りを入れられ、一樹は涙が出た。

「まあまあ、乱暴すると身体に傷がつくぞ。これから売り飛ばすんだから、傷をつけられたら困る」

二人だけの時と言っていることが違うのは、正純を懐柔しようとしているのだろう。

「じゃあ、どうやってこの男を色狂いにするんですか」

正純の声が上ずっている。早くも興奮しているようだ。一樹は絶望のため息をついた。こうなったらもう駄目かもしれない……。

「たった今、一回目の射精が済んだところさ。今晩は限界に挑戦させようか」

「だったらあの道具類を使いたい……」

「ふふふ。それも考えて用意してある。お前以外の男に使う時が来るとはな」

正純は頬を染めた。自分もかつて、涼介が海外から仕入れてきた道具類で腰砕けになってしまったことがあった。あまりに快楽が強烈すぎて、普通のセックスができなくなるという理由で封印されていた道具類だ。

「じゃあまず、体勢を変えるか」

正純は配送業の仕事で培った腕力で一樹の拘束を手早く解き、そのままうつ伏せに押さえ込んだ。

「やめろ！　やめろって！」

暴れようとする一樹の背中に膝をのせ、ばたつく両手を手早くまとめて後ろで縛る。

「さすが配送業の男は違うなぁ。手早い」

涼介は感心して上機嫌な様子だった。

「こんな情けない格好、姉ちゃんに見せてやりたいよ。姉ちゃんは、あんたのことを素敵な人だっていつも言ってたんだ。それが男のオモチャに……」

「や、や……め……ろ……ああっ！」

尻の谷間にいきなり冷たいローションが垂らされた。一回火照った肌が急に冷えて沁《し》みる。涼介が箱をガチャガチャいわせて戻ってきた。

「道具を持ってきた……おい、勝手に触るな」

「はい。すみません」

正純は涼介には素直だった。

「一樹兄さん、これなんだか分かる？」

目の前に細長いスパゲッティのようなものが差し出された。涼介が指で弾くとよくしなる。先端がマドラーのように小さく丸く膨らんでいた。

「お前に兄さんなんて言われるいわれはない！」

「威勢いいけど、カッコいい兄さんも、あとちょっとの命だね。もうすぐ、すごくエッチな性奴隷になっちゃうんだから」

「だ、誰がそんなもんになるかっ！」

「これはシリコンで出来ていて、身体を傷つけないように研磨された逸品なんだ。ドイツで仕入れてきた」

もう一つ道具を出してきた。軟体動物のような妙な形をしていて、リモコンのスイッチを入れるとブルブルと振動する。

一樹はそれがなんなのか分からず、チラッと見ただけで目を伏せてしまった。そんなことより縄を解け、と思ったのだ。

放置されて少し柔らかくなったペニスがギュッと握られた。

「ほんの少し柔らかい方が入りやすいんだよね」

先端にさっきの細い棒の先端があてがわれた。一樹は愕然とした。まさか！

「おい！　ちょっとやめろ！　あっ！　やめろおおお」

「正純、コイツの腰をしっかり押さえてろ！」

「はいっ」

がっちりした手が腰を押さえつけた。涼介が細い棒にローションをかけ直し、再び先端の割れ目にあてがった。

「角度が難しい……まっすぐに入れないと」

「うわああ、やめろおお」

ズッ。先端が中に入った。凄《すさ》まじい快楽に、一樹の身体が跳ねる。

先端の丸い部分がどんどん奥に入っていく。未知の体験に恐怖を覚えたものの、快楽はそれよりもはるかに大きかった。

「これ、たまらないだろ。俺も初めてやられた時は、腰が砕けるかと思ったよ」

「おい、お前は乳首をいじってやれ」

「はい」

正純が一樹の胸に手を差し込んだ。

「凄い。もうカッチカチに勃起してる」

指先が小さな木の実を捉《とら》え、転がし始めた。

「はああんんん」

このところ健二によって開発され続けている部分だ。一樹は激しく喘《あえ》いだ。先走り液が表に飛び出そうと管を上がってくる。

ところが丸く膨らんだ棒の先端がそれを邪魔した。出したいのに出せない。

「やめろやめろおお」

行き場のない快楽が下半身で荒れ狂って駆けまわり、上半身に抜けた。背中がビクンビクンと痙攣《けいれん》して精神的にはイッたつもりなのに、肉体の方がまだ栓をされてしまっている。

涼介が尿道に差し込んだ棒をゆっくりと抜き始めた。

「ふあっ!?　あいいいいいっ」

栓で詰まった先走り液と精液とが一気に管を膨らませる。未経験の快楽だった。

「気持ちいいだろ？　イキたいだろ？　でもまだまだ。我慢が足りない」

鈴口近くまで棒が引き抜かれた後、ぐいっと中に押し込まれてしまった。液が激しく逆流した。

「すげえ。乳首がピリリッと震えた」

正純が両手にローションをつける。その指で再び小さく尖《とが》った部分を転がし始めた。

「あっ！　や、やめろって……ああっ」

背筋がガクガク震える。肉体の機能的にはとっくに射精をしているはずなのだ。なのに棒がそれをブロックしてしまった。

「面白いくらいにイキかけるんだね。でもまだイケないだろ。これが刺さっていたら、永遠にイケないのさ」

涼介が小刻みに棒を動かす。呼応するかのように正純の指も乳首をこする。二か所からの強い快楽に陰嚢が痛いくらいに縮こまった。

「うっ！　うあああ」

　脳は射精の命令を出しているのに、あの独特の快感が来ない。行き場のない感情に一樹はパニックになった。

「どうしてだよ……どうして……」

「ふふふ。これは辛《つら》いだろ。切ないだろ。兄さん、イキたいよなあ。盛大に射精して、すっきりしたいよなあ。分かるよ……」

　涼介が棒を揺さぶる。正純の指が乳首から離れて乳暈《にゅううん》と肌の際を爪で引っ掻《か》く。非情なクールダウンだった。

「ど、どうして……こんな、酷《ひど》いことを……するんだよ」

「どうしてって、それは兄さんが可愛《かわい》いからだよ。可愛いからいじめたいんだ」

「姉さんが味わった仕打ちに比べたら、全然酷くないだろ？」

　正純の言葉が一樹を深くえぐる。再び棒が動き始めた。正純の手指もツボを突いてくる。

　一旦クールダウンしたかに見えた一樹の肉体は一瞬にして射精寸前まで突き上げられてしまった。

「ヒイ、ヒイ」

喉《のど》が笛のような音を立てる。言葉が出ないくらいきついイキ感覚なのに、終わりがない。酸欠でおかしくなりそうだ。

「イキたいって、氷川さんにお願いするんだよ。そうしたらイカせてもらえる」

「いつまでもこんなふうにいじくっていてもいいいんだけどね。ほら、こっちは一晩だってやっていられるよ」

尿道を圧迫する棒が一気に引き抜かれ、一樹は凄まじい快楽に息が止まった。初めての、強い苦痛を伴う快楽だった。迫撃砲のように凄まじい。身体と心が持たない。

棒は全部抜けずにまたじわじわ奥に入ってくる。表に出かかった白濁液がまた押し返されてしまった。

「ぐ、ぐぐ、辛い……」

「氷川さんにイキたいって、お願いするんだよ」

「……」

「兄さんは強情だなあ。でもその方が面白いけどね」

突然、後ろの部分に指が侵入してきた。

「ひあっ！　ああああだめええ」

内側の性感帯を刺激する様が手馴れていた。今まで感じたことのないような強い快感に貫かれ、一樹は上を向いた。下腹が大きく痙攣する。身体の暴走が止められない。

（爆発しちゃうっ）

一樹の様子を見ているのか見ていないのか、指は巧みに快楽スポットをえぐってくる。味わったことのないような強い刺激だった。

「イキたいんでしょ？」

一樹は額に汗を浮かばせてコクコクと頷いた。

「言わなきゃ駄目だ」

人差し指と中指が一樹を中からぐいぐいえぐる。

「ああーーーーぁぁぁ」

「うわ、出た」

「スゲエ……」

「いやあああ」

長い射精だった。二人に見られながら濁流の飛沫《しぶき》のように樹液が飛び散り、一樹は白目を剝《む》いて半ば失神してしまった。

強い刺激のせいか、一樹の顔からは少年っぽさが消え、眉《まゆ》のひそめ方も悩ましい。絶頂を味わい尽くしてぐったりするさまはまるで生まれついての愛玩男娼《あいがんだんしょう》という体《てい》だ。

「凄い……この男、なんてカラダなんだ。こりゃあ売れっ子になるかもしれない」

「そうだな。お前よりずっと客をたくさん取れるかもしれないな。だが、しばらくは俺たちのオモチャにしよう。飽きるまでいじくって、俺たちのザーメンまみれにしてやるんだ」

一樹にはその声は届かなかった。やっと射精できた悦びで、脳内の真っ暗闇《くらやみ》の浮遊空間で全身を弛緩《しかん》させて、ふわふわと浮いていた。

第六章　行方も知らぬ恋の道…

内匠頭は居室で刀の手入れをしていた。今朝《けさ》は快晴、気合は充分である。

刀身を灯りにかざして確かめ、打ち粉をして丁子油《ちょうじあぶら》を薄く引き、綺麗な紙でぬぐう。

刀を扱う時は心穏やかに波静かに対峙《たいじ》しなければならない。なのに内匠頭はうっかりして指先を傷つけてしまった。

ほんの一筋、髪の毛ほどの赤い筋が親指の腹に斜めに走る。そこから血の丸い粒が一つ膨れ出てきた。

「これはいかんな」

心の奥底がざわめいているせいだ。

こういう時は火災訓練も巧くいかないことが多い。今夜突然敢行するつもりだったが、急に乗り気でなくなってしまった。

だが、火災訓練は乗り気でないならやめるべきものでもあるまい。

「火事は待ったなしだからな……」

やはり今夜、家来たちを突然起こして訓練をしよう。乗り気でないなら余計にしなければ、本番でよい働きをすること能《あた》わず……。

自分でも、何故《なにゆえ》こんなに火消という仕事に熱中するのかよく分からなかった。家来たちが陰でいろいろ言っているのも承知しているが、そのどれもが見当違いなように思う。

火は好きだ。炎を見ていると、時が経つのを忘れる。幼少時からたき火好きで、それが原因で、屋敷内でボヤ騒ぎを起こしたくらいだ。

元服前には火を使う仕事に就きたいと夢想したこともあった。火消という役職に気づいたのは、迂闊《うかつ》にも家督を継いでしばらくしてからである。

もっとも藩主となったのは九つの時だから、職種に対する知識も充分ではなかった。だが火消大名と聞いてやはり血が騒いだ。当然、みずから手を上げその職に就こうとした。

周囲は笑って本気に取ってくれなかった。「まだ若すぎる」とも言われた。

願いが叶ったのは元禄《げんろく》三年のことである。火消になりたいと願ってから、十年以上の歳月が流れていた。

火消は楽しかった。念願叶ったのだから、自分としては張りきらざるを得なかった。陣頭で消火活動をしたお蔭で、火消大名として名を馳《は》せもした。

毎日が楽しかった。大好きな火が家屋を包んで怒り狂っている姿は面白いし、その火に対抗して自分が牛耳る行為はもっと楽しかった。また、火事場装束を誂《あつら》えるのも楽しかった。

反して、最近お上から与えられた勅使《ちょくし》饗応役は、まるで楽しくなかった。苦役と言ってもいいくらいだ。こんなものは虚栄と見栄の仕事だ。なくなろうともおそらく誰も困らないはずなのに、皆が下らない序列やしきたりにしがみついている。こんなものに血道を上げるくらいなら、まだ神田橋御番《かんだばしごばん》や桜田門《さくらだもん》御番の方がましだ。

役目が楽しくない理由は吉良上野介にもあった。父親ほどに年の離れた饗応役の先達であるはずが、内匠頭に嘘を教えて恥をかかせ、ことあるごとに嫌がらせをする。農民でもないのに村八分の気持ちを味わうことができたのは上野介のお蔭だろう。

もちろん自分の側にも非はある。以前、御馳走人《ごちそうにん》を務めた経験から、饗応役と御馳走人、もてなす技にさしたる違いはなかろうと踏んだ。ところが勝手が大分違う。それで失敗続きとなってしまったのだ。

一つ一つ上野介にお伺いを立てればよかったのにと言われればそれまでだが、そう簡単にはいかなかった。

上野介はしょっぱなから返事を延ばしに延ばし、内匠頭を焦らす。そして「逐一聞かないと分からないのか」と文句を言う。聞かずに臨機応変にすると、「こんなことは聞いてない。やり直し」となる。これでは二進《にっち》も三進《さっち》も行かない。

（まあ、例の火事と小姓が吉良殿のお怒りのもとなのだろうな……）

火事というのは、元禄十一年の大火の件である。この火事で上野介の鍛冶橋《かじばし》邸が焼け落ちた。この時に出場した大名火消が内匠頭だった。

（あれは無理だ……）

何度考えても自分の決断が間違っていたとは思えなかった。もし無理をして複雑な構造である吉良邸の消火活動を行っていたら、半数の人間が命を失っていただろう。

「儂の屋敷を見殺しにしたとは、なかなか豪快な大名火消よのう」

丸一年ほど経って面と向かって言われた時は驚いたが、内匠頭は冷静に反論した。

「……と、かような読みを経て、建物の消火よりも、宝物や人命の救助に努めましてございます」

吉良邸は建物は全焼だったものの、それ以外の被害は最小限にとどまったはずなのに、何故非難されるのか内匠頭にはその理由が分からなかった。そんな戸惑《とまど》いが態度に出てしまったかもしれない。

たまたまその時、近習として背後に控えていた礒貝正久が緊迫した様子に肩を震わせて顔を伏せていた。上野介は顎《あご》で正久を指した。

「ところで浅野殿の近習は、なかなか利発そうだな」

「……まだまだ不調法者で……」

内心ヒヤリとした。目の中に入れても痛くないほど可愛い正久なのだ。たとえ還暦の爺《じい》さんといえども、他の男に目をつけられたくなかった。

「火災の件は、何故かあの一帯で儂の屋敷だけが全焼だったが、もちろんその方にも言い分はあろう。だが人の口に戸は立てられぬ。そちと儂の痛くもない腹を探る奴さえ出始めている始末」

「はあ……」

そんな奴、いるのか？　と思ったが黙って頭を下げていた。

「そこでだ」

ほらきた、と思った。火災の件をいつまでも引っ張る理由は自分ではなくて上野介にこそあるはずなのだ。

「どうだろう。その方が一番気に入っている近習を儂に貸し出すというのは」

あっ、と内心で叫んだ。そこか！　そういえば上野介はその昔衆道で名を馳せていたのだった。爺《じじい》だからと油断していた。

あの時の衝撃は今でもはっきりと思い出すことができる。

「お言葉でございますが」

内匠頭は即ひれ伏した。

「この者は不調法にて、もし万一、吉良家にてご迷惑をおかけいたしましたら……」

「なんの。表に出さぬから別によいわ」

上野介は食い下がってきた。その声に粘りが出てきた。

「実はその近習をずっと前から知っていたのだ。のう、お前は、教学院にいた稚児小姓だろう」

直接話しかけられた正久が、「ハイ、左様でございます」と返事をしてしまう。

内匠頭は必死だった。上野介の近習になったら手がつくのは必定だろう。このしつこさは、正久に惚れたので間違いなかろう。正久に手をつけるために上野介は食い下がってくるのだと、直感した。

内匠頭は何を言われてもかたくなに断って正久を守った。あの時はそれで済んだ。

だがそのせいで上野介の、内匠頭を怒らせるような振る舞いがさらにひどくなった。しかしそれも、内匠頭はじっと耐えようとした。しつこく断っているうちに諦めることを願った。

しかし事は思い通りには運ばなかった。

よほど気になるのか、上野介は手を替え品を替え正久を貸せと言ってくる。もしかしたら、上野介も意地になっているのかもしれなかった。

今はまだ正攻法で直接交渉してくるからいいが、そのうち、こちらが断れないような筋を通して「貸せ」と言ってくるだろう。あれはそういう男だ。

（もしそのような事態になったらどうするか……）

正気を保っていられるだろうか。

刀の手入れで指を切るなど、十二歳の時が最後のはずだ。心が千々に乱れているのだ。上野介に二人の仲を裂かれてしまうような、予感がしてならなかった。

手入れを終えて鞘《さや》に収めたところで、突然目の前の襖が開いた。目を上げるとそこに全裸の少年が立っていた。

顔は正久なのだが、微妙に違う。だいいち髪型が妙だった。月代《さかやき》がなく、前髪を伸ばして下ろしている。ひげが薄く、眉も細く整えていた。

「お前は十郎左衛門正久なのか？」

問いかけると素っ裸の男は両手で前を隠し、首を横に振った。

「先輩、助けて……」

若い男は震え声で言った。

「先輩ごめんなさい。僕、今……」

＊　＊

健二はガバッと起きた。耳にまだ一樹の声がこびりついている。ベッドの下段を覗くと、彼はまだ戻ってきていなかった。

「いけねえ、うっかり眠っちまった」

放火犯の後をつけるというＬＩＮＥを読んで、連絡があるまで待っていようと思っていたのに、どうしたわけか眠りに落ちてしまっていた。

慌ててスマホのロックを解除すると、健二が最後に送ったメッセージが既読になっていない。

健二はそれを見て時計を確認した。二時間も音沙汰がないことになる。

スマホを持ったまま三十秒で着替えて外に飛び出した。愛車の大型バイク、ＨＯＮＤＡシャドウ７５０にまたがり、もう一度スマホで調べものをする。

やがて行き先を決定して、健二はバイクのエンジンをかけた。深夜の時間帯なら高速を使って一時間もあればたどり着くだろう。

一樹のスマホにGPS付き恋人監視追跡アプリを仕掛けておいてよかった。単なる刑部との仲に対する嫉妬《しっと》で、ついカッとなってやってしまったことだったが、思わぬ形で役に立った。とりあえず後で謝るにしても、今はこれに頼るしかない。

＊　＊

その頃、一樹は打ちひしがれていた。

（もう駄目かもしれない……）

二人はとうとう一樹を犯そうとしている。でもそれだけは、避けたかった。

降参した振りをして、家の中をぐるりと眺める。どこからか抜け出せないだろうか。どの窓も分厚いカーテンがかかっていて窓の様子が分からない。

拘束されている一樹に、できることはほとんどなかった。ずっと諦めまいと思っていた胸に、初めて「絶望」がはっきりと形を現した。このまま本当に、飽きるまでこの男たちのオモチャにされてしまうのかもしれない。

（もう先輩に会えない……こんなことになってしまって、顔を合わせられない）

それが哀《かな》しい。せっかく巡りあって愛しあうようになったのにこんな形で破局を迎えようとは、昨日、いや、今日の夕方までは思いもしなかった。

突然、外で物音がした。

――ビシッ！

硬質ガラスの割れる鈍い音がした。続けて破片を砕く派手な音が聞こえる。ガラスの破片が分厚いカーテンの内側に粉々に落ちてゆくのが見えた。

「誰だ！」

正純が怒鳴る。カーテンが勢いよく開く。そこにはレスキュー隊の特殊ハンマーを持った健二が立っていた。ブラックレザーのツナギにライダーブーツの姿に、一樹は目を奪われた。

「あ、あ、お前は……消防署の」

涼介が慌てて逃げようとするが、健二の方が早かった。黒豹《くろひょう》のようにさっと飛びかかった。

「野郎！　よくもこんな酷いことを！」

「うわっ！　ぐぐぐぐ」

涼介の顎を腕で締めつけて息を詰めさせ、脇腹を思いきり殴って倒す。後ろから飛びかかってきた正純には、くるりと身体を回転させて顎に右キックを喰らわせた。

「うわっ」

悲鳴を上げて正純が飛ばされる。

相当痛かったらしく、二人は呻《うめ》いて立ち上がれなかった。健二は一人ずつ脇腹に当て身を喰らわせ、悶絶《もんぜつ》させてしまった。

「お前ら、これで済むと思うなよ」

目が怒りに燃えていて別人のように怖い顔だった。

「先輩……どうしてここが……」

その声で健二は我に返った。

「おいカズ！　大丈夫か！　どうしたんだ、いったいこれは」

「先輩！　僕……」

「単独行動するな！　危ないだろ」

「うう……ごめんなさい……こんなことになってしまって……」

「こんな酷い格好を……待ってろ、今下ろしてやる」

革ベルトに下げた袋からナイフを出し、手首を縛るロープを切る。一樹がその辺に転がっていたバスタオルで身体を拭《ふ》いている間、服を探しに行った。

一樹は打ちひしがれていた。助けに来てくれて涙が出るほど嬉しかったが、こんな姿を見られたくなかった。

暗い顔で目をうつろにさせている一樹を、健二はそっと抱きしめた。

「心配したんだぞ」

「先輩……ごめんなさい……僕……」

「何も言うな。生きていてくれればいいんだよ、俺は」

「先輩！」

「落ち着いたら、功を呼ぼう。いいな？」

「……はい」

少し休んだ後、二人は刑部を呼んだ。彼が到着するまでの間に部屋を片付け、まだ気を失っている涼介と正純をもう一度縛り上げておいた。

「何があったんだ！」

駆けつけてきた刑部功に、一樹が放火現場を見たと伝える。

「本人が言うには、僕をおびき寄せるために放火をしたんだそうです」

「なんだって？　証拠はあるのか？」

「証人は僕です。本人から直接聞きました。物的証拠は家宅捜索をすれば出てくると思う。

パソコンに保存していると聞いたので」

「なんでこの二人は縛られて悶絶してるんだい？　それに、この部屋はなんだか妙に生臭いんだけど……」

「実は、一樹が……」

一樹がさらわれて酷い目に遭った顚末《てんまつ》を、健二がかいつまんで言う。一樹が言葉を継いだ。

「僕、この事件が表に出ると困るんです。父親のことがあるから。いい年をした総務大臣の息子が素っ裸で縛られて、変態男に悪戯されただなんて、マスコミが知ったら飛びついてきます」

刑部が黒目をくるりと回した。

「まあ確かに、面白い週刊誌ネタではあるな」

「父も困るし、僕自身もこの件はあまり他人に知られたくないんです。だから、父親の名前で事件を揉み消してほしいんです」

「なるほど、そういうことか。それで俺が呼ばれたんだね。分かった。今から直接、署長に連絡を取ってみる。適当に言いつくろうから、君たちはここから立ち去ってほしい。あ、心配しないで大丈夫。議員絡みの揉み消しについては、こっちはいろいろ経験してる。

うちには裏マニュアルがあるんだよ。さあ、行った行った！」

＊　＊

あれから一ヶ月が経った。

健二と一樹は相談して寮を出た。二人で部屋を借り、内緒の蜜月をスタートさせた。寮と違ってプライバシーがある。時間さえ許せば好きな時に好きなだけ睦《むつ》み合うことができた。

最初は恥ずかしくて戸惑い気味だった同棲《どうせい》生活も、すぐに慣れた。何より、職場から離れた空間が二人にとって心地よかった。

エッチのしすぎで寝不足になるのではという不安も当初はあったが、逆だった。エッチの後は集中して眠り、仕事にも張りが出た。

今日も健二は出勤で、間もなく大交替を終えて戻ってくる。一樹は非番で家事をしながら夫の帰りを待つ。

健二はドアを閉めた時から目がぎらついていた。

「あ、お帰りなさい。今日はどうだった？」

迎えに出た途端、荒々しく手を引っ張られ、抱きしめられてしまった。

「ちょ、ちょっと、どうしたの？」

「今日、火事があった」

髪から焦げた匂《にお》いがした。頭を覆っていたってシャワーを浴びたってどうしたって残ってしまう時もある。

健二は明らかに昂っていた。エプロンをしてお玉を持ったままの一樹の首筋に熱い吐息を吹きかける。

「あっ！　駄目だよっ」

「待てないよ」

いつもこうなのだ。火事があった後は激しく興奮して、一樹の身体を求めてくる。

「待ってよ。ご飯の支度が……」

「我慢できない」

「あ……」

唇をいきなり吸われ、一樹は眩暈がした。これから起こることを想像すると両膝からすぐに力が抜けてしまう。

「もう……こんなところで。人が来るってば」

否定の声も甘やかになってしまう。

「こんなところだからいいんだろ」

コツコツッ……。

表に響く突然の音に二人は同時に息をひそめた。

玄関ドアの向こうを誰かが通り過ぎてゆく。音が次第に遠ざかっていった。

「ね、ねえ、ここで続けてたら、気づかれちゃうよぉ」

「大丈夫だよ」

「あっ」

身体をくるりと半回転させられ、後ろから再び抱きすくめられた。

ハーフパンツをトランクスごとずり下ろされ、尻がむき出しになる。そこに熱くたぎったモノがあてがわれた。

「ここじゃ駄目だってば」

「いいんだよここで」

欲情しきった健二の先端が尻のあわいを何度も往来し、一樹を焦らせる。尾てい骨のあたりが火照ってきて、一樹は目をつぶった。

自分だって、非番で離れている時間が辛かった。

「ああっ！」

いきなり分け入ってきた。

「しっ。表に聞こえちゃうぞ」

からかうように健二が言う。たぎるモノは一樹を遠慮なく押し広げ、やがていっぱいに詰まった。

「ああ……熱い……気持ちいい」

「ぼ、僕も……もう」

一樹のモノも、後ろからの刺激で怒張しきった。健二のひと突きで、先端からは雫《しずく》がこぼれ落ちた。

「あっ、床が汚れちゃう」

「後で綺麗にすればいいよ」

斜め下から激しく突き上げられ、次第に爪先立ちになってくる。鍛え上げた肉体は不自然な格好をものともせず、一樹を激しく追い立てていった。

「あっ、いいっ！　好きっ！　好きだよっ」

「俺も、俺もお前が好きだ！」

「嬉しいっ！　嬉しいよおっ」

「カズ！　行くぞっ」

表に誰が通っても構わない。二人だけの世界に浸りながら二人は絶頂目指して呼吸を合わせ始める。出したくない、このままずっとこの時が続けばいいのに……。そう思いながらも身体は互いの快楽を激しく貪り、相手と自分を絶頂へと追い詰めてゆく。

「好きっ！　もう放さないでっ」

「おうっ、誰が放すもんか！」

火災出動の後の健二は気が昂っていて荒々しく、一樹は狭い玄関で何度となく絶頂に追いやられてしまった。

健二の思いを受け止めた一樹は、足元をふらつかせながら焦げた深鍋をシンクに片付けた。

健二が先にシャワーを浴びている。一樹も後を追ってバスルームに入った。

頭から湯を浴びて泡を流している健二の後ろから、一樹が抱きつく。

「なんだよ。まだ足りないのか」

「えっ、あっ……違……そうじゃなくて」

たった今したエッチが気持ちよくて嬉しくて抱きついただけなのに、健二はおねだりと取ったようだ。身体を半回転させ一樹と向き合った。

熱い湯が頭から降り注ぐ中、健二と一樹は唇を重ね合わせた。これだけで一樹の身体はとろけきってしまう。膝に力が入らない。

今の健二は余裕綽々《よゆうしゃくしゃく》だった。一樹の反応を見ながら唇を舌で割り、一樹の舌をすくい上げた。

「んっ……んぐっ」

きつい吸引に舌の根が甘く痛む。一樹は腕を健二の首に回し、手前に引き寄せた。平らな胸と胸が重なり合い、間にシャワーの湯が入り込む。

二人の股間はすでに屹立しており、身じろぎをするたびに鍔《つば》ぜり合いのようにぶつかり合う。一旦クールダウンしたはずの二人の身体は次第に熱を帯びてきた。

「続きを……」

と言葉を濁す。ベッドの準備はすでに整っている。まず健二が先に出て、一樹は興奮に震える指で身体を洗ってから寝室に向かった。

「こっちにおいで」

ベッドから健二が手を伸ばす。腰にバスタオルを巻いたままの姿で寝ていたせいで、股間の膨らみがはっきりと分かった。

一樹は頬を染めて健二の手を握った。ぐいと引っ張られ、ベッドの中に飛び込む。

「やっとカズと二人きりになれたんだなぁ……ってしみじみ思うよ」

一樹は鼻先を健二にこすりつけた。

「こないだから、何度同じことを言うんです?」

「何度でも言うよ。そう感じた時は何度でも、心から」

ぎゅっと抱き寄せられ、一樹は身体がムズムズしてきた。二人とも、肌が触れるとすぐに身体が兆してしまう。

どちらからともなく唇が近寄った。触れるか触れないかきわどいところで、一樹がちょっと顔を離す。

「ねえ、あの変な夢、最近見てますか?」

「見てない。カズも最近はうなされないなぁ」

「僕も見なくなりました」

「誰にも邪魔されずこうして一つになれたから、もう見なくなったんじゃないかな」

「……そうかも」

唇と唇が合わさる。今度は一樹の方から舌を差し入れた。

最初は軽く、次第に深く、舌が中を泳ぐ。健二の舌もこちらに入ってくる。舌同士が挨《あい》拶《さつ》をするかのように、つつき合いもつれ合う。

いつまでもキスしていたい。健二のキスは日に日に巧くなっていた。だが健二に言わせると、こちらが巧くなったからやりやすくなったらしい。

キスを何度もやり直しながら、一樹も健二の身体をまさぐり始める。健二の乳首はまだ柔らかくて、それを指先で転がした。

健二の胸は分厚くて手触りがいい。首筋にキスをしながら爪で乳首を挟んでひねる。

健二はあまり乳首では感じない方だったが、最近少し目覚めてきた。お互いにゆっくりと時間をかけて、互いの身体を開発している。

やがて乳首が硬くコリコリになってきた。

「……巧いなぁ。一樹はエッチがどんどん上達してゆく。まるでレスキューの訓練みたいだ」

「また、そんな冗談を」

くすくす笑いながら身体をずらし、健二の乳首にキスをした。そのままちゅっと吸い込んで薄い歯を立てる。

愛しい男の乳首だから、いつまでも吸っていたい。だが健二は違うところを望んだ。一樹の手首を取って、股間に誘導したのだ。

意を察した一樹はまたもや身体をずらして股間に移動する。健二のそこは太い血管を節

くれ立たせて、すでに怒張していた。

一樹は根元を両手で持った。目の前で皮ごと上下にこすりながら、ひねりも加えてみる。こげ茶色の皮の部分とローズ色の粘膜部分との境目のグラデーションが、見えたり隠れたり忙しかった。

ピンと張った裏筋に息を吹きかけ、石鹸《せっけん》の匂いがほんのり残る先端にそっと唇を押しあてる。途端に根元がぐっと膨らんだ。

チラリと上目遣いをして唇を開き、先端を喉の奥の方に入れてゆく。

「ああー、今日は格別に気持ちいい……ヌルヌルしてあったかくてたまらないよ」

舌先で裏筋を二、三度こすった途端、先走り液がピュッと飛び出した。今日の健二のはしょっぱくて濃かった。

「味が濃い……今日はしょっぱい」

「疲れてるせいなのかな。カズが巧いのもあるけど、もう先走っちゃったよ。さっき、玄関であんなに出したのにな」

一樹の頰が染まる。聞いただけであの嵐《あらし》のような交わりを思い出してしまった。

「ううん。僕ので感じてくれてるならすごく嬉しい」

放火事件が解決したお蔭で火災出場の回数が減ったが、不思議なものでレスキューの回数が多くなった。資格のある健二は大忙しである。資格取得を終えた一樹も、もうすぐレスキュー配属が決まる。健二と一緒なら、高所も火も全然怖くない。

「美味しい……」

ちらちらと健二の顔を見ながら先端からこんこんと湧く先走り液をすすり、一樹は派手に舌鼓を打つ。この味で、身体が一層燃え立った。

「エロいな……最近の一樹が怖いくらいだ。ベッドの中で別人のようになる」

大きな手が頭にのって髪をいじる。一樹はちらっちらっと目を向け、ダイナミックに舐めしゃぶった。

（見て……僕を見て……ほら……）

心で語りかけながら舌を動かす。感情を込めて舐めしゃぶれば美味しい汁が溢れ出てくるのだ。一樹は口の中のモノが愛おしくて仕方なかった。

「出ちゃいそうだよ。もったいない」

健二がガバッと起き上がる。一樹の肩を押し倒し、上から覗き込んだ。

「まったくお前という奴は……どんどん巧くなって油断ならないな」

健二の手がバスローブの前を割る。すぐに欲望の源に指がたどり着いた。根元を握られ、一樹は熱いため息をつく。

「ああ……先輩……」

「馬鹿、ここでは先輩はなしだって、言っただろ？」

握った手が皮ごと上下に動き始めた。

「ん……健二さん……あっ……う……」

一樹の切なさが加速する。好きな男にイカされる悦《よろこ》びは何度味わっても身震いする。もうこのまま溶けて流れてしまいたくなる……。

「気持ちいいか？　俺もよく分かるよその気持ちよさ。こうすればもっともっと気持ちよくなることも、俺には全部分かる……」

健二の唇が裏筋をすっとかすった。

「ひあっ」

一樹の腰が跳ねる。敏感になりきった部分にフェザータッチの刺激で、先走り液がピュッと漏れた。

健二は先端をゆっくりと口に含んだ。頭を左右に振って派手な音を立ててしゃぶり、根元は握った手でこする。

「あっあんんん」

一樹は喘いだ。寮と違ってここでは少しくらい派手に喘いでも隣に聞こえない。興をそぐ館内放送もない。先走り液が立て続けに噴き出す。腰がビクビクと痙攣した。

「イク時は俺の目を見てイクって言うんだぞ」

「は、はいっ……ああっ」

一樹の両脚が持ち上げられる。いよいよという期待感に胸が高まった。

人差し指がゆっくり入ってくる。健二の指はいつもすんなりと受け入れられるのだ。秘孔が勝手にヒクつくのが自分でも分かる。甘い痺れが背中いっぱいに広がった。

「いつもやらしいなあ……カズのここは……」

指がゆっくりと奥に沈んで、それから浮上してきた。恥ずかしくて一樹はキュッと指を喰いしめた。

またもや深々と刺さる。指の腹がペニスの根元あたりを内側から揉み始めた。

「ひあっ、あっうっ、そ、それっそれはっ」

一樹はその愛撫に弱かった。腰が跳ねたいのに指で貫かれていて動けない。健二のもう片方の手が勃起しきった怒張を握り、ユルユルと動きだした。

中と外を同時に愛撫され、一樹はひときわ高く突き上げられた。身体中の血が下半身に集まるような高揚感に包まれ、一樹は喘いだ。

「うわ……すげえ、チュウチュウ指を吸い込んでる」

「健二さんのが欲しい……もっと太くて長いのが、欲しい」

願望を口にすると余計に燃えるのは健二に教わった。「早く」という思いを込めて指を締めつける。

「駄目だ。我慢できない」

指が抜ける。思わず声が出てしまった。

健二はおのれの怒張を窪《くぼ》みに押しあてた。一樹の膝が自動的に上がってMの字になる。健二は指で充分柔らかく開いたそこを先端で静かに穿《うが》った。

「ああー、来てるっ！　キモチイイッ」

「おあぁ……とろけそうに柔らかい……それに熱い」

健二の腰がゆっくりと動いた。深いところに先端があたるたびにペニスに鋭い快感が走る。一樹は両手を健二の背中に回し、贅肉《ぜいにく》のない綺麗な背筋を撫でながら喘いだ。

二人だけの空間で、心ゆくまでこの行為を楽しめるのがとても幸せだ。

「愛してる」

一樹は改めて健二にしがみついた。

呼応するかのようにピストン運動が一層激しくなった。ベッドがリズミカルに軋《きし》む。一樹のペニスも裏側からの刺激で限界近くまで勃起してしまった。それが二人の腹に挟まれてしごかれ、強い刺激となって一樹を快楽の海に浮遊させる。

「今日凄い……ネッチョリ絡みついてくる。どうしたんだいったい」

「あああ、さ、寂しかったから……昼間、自分で……」

「俺がレスキューやってる時に、お前はオナニーしてたのか」

健二は一樹の首筋にキスの雨を降らせ、耳たぶをきゅっと噛《か》んだ。

「駄目だろ、俺の目の前でしかイッちゃ駄目だ」

「んん、だって、我慢できなかった……」

「この助平！　さっきだってあんなにイカせたのに」

「ひいっ」

ひときわ激しく強くえぐられ、一樹は上体をのけぞらせた。恥ずかしさも忘れ、みずから腰を振って快楽を貪り始める。

「あーもう駄目だっ！　俺ももたないっ」

健二の額から汗が落ちて一樹の首にかかる。指でそれをぬぐって口に入れながら一樹は健二を見た。

「もう、イキ、たい……」

「俺も、出る、もうすぐ」

角度を変えてさらに激しく腰に腰を打ちつける。奥がヒクヒク痙攣して射精を促す。健二は一樹を見据えながら、「出すぞっ」と叫んだ。

一樹も腰の角度を変え、気持ちよすぎて息が止まるところに先端をあてがった。そこがゴリゴリこすられ、目の奥に火花が散った。

とうとう一樹の射精が始まった。

「あぁーーっ」

二度、三度、突かれるたびに白濁液が噴出して、健二の胸を濡らす。秘孔がきつくすぼまる。健二が力いっぱい、奥にねじ込んだ。

「出る、出るぞ……あっ……あ」

一樹は目の前の逞《たくま》しい肉体にしっかりと抱きついた。もう二度と離れたくない。寝る時もイク時もずっと一緒でいたかった。

＊　＊

同棲生活を始めてから一年が経った。

刑部の報告によると、氷川涼介の件は立件起訴され、彼は刑務所に入ることになった。

放火は重罪なので致し方ないところだろう。

多恵子の弟である正純は、放火には一切関与していないのでお咎《とが》めなしとなった。一樹を監禁凌辱《りょうじょく》した事件はなかったことになっているので、当然だろう。一樹としても、元カノの弟ということで、処遇が気になっていた。

真新しいレスキューの制服に身を包んで、一樹はデスクワークをしていた。念願の地位に就いたのである。

「救助活動！　四歳男児！　五メートルの高木に登り、下りられなくなった模様！」

館内放送で出場命令が下ったと同時に、一樹と健二たちは出場準備に入る。高い木の上ということは梯子車でのレスキューである。

ところが現場に駆けつけてみると、木の下では老婆がてっぺんを見上げておろおろと歩きまわっている。

「どうしましたか」

健二が近寄って聞くと、老婆が涙を浮かべててっぺんに指を向けた。

「うちのコが、登ったまま下りられなくなっちゃったんです！」

だが四歳男児は目視できなかった。だいいち、老婆の子ども!?

ピンときた一樹が笑顔になって、ゆっくり老婆に話しかけた。

「落ち着いてください。子どもって、ネコちゃんですよね？　何色のネコですか？」

老婆は頭をガクガク縦に振った。

「し、し、白黒まだらぶちです！」

なあんだ、という微妙な空気が現場に漂ったが、それも一瞬だった。

「よし！　救助活動開始！」

隊長の号令のもと、梯子が伸ばされる。問題は、木の先端は枝が細くて、ネコが暴れると枝ごと落ちて危ないということだった。

「うちのコはもともと室内飼いで太り気味なんです。落ちたら重みで肋骨《ろっこつ》が折れてしまうわ」

なんでも二度目だという。今度落ちたら肺が危ないと言われているらしい。

「ふむ。適役は……」

隊長の目がぐるりと隊員を見渡して、一樹で止まった。

「お前が一番軽いな。ネコは大丈夫か？」

「はいっ」

一樹の目が輝く。レスキューの資格を取って生まれて初めての単独レスキューになった。

風で揺れる梯子を一段一段踏みしめてのぼる。なるほど近づいていくと、白黒まだらぶちでまん丸に太ったネコが、目を丸くして木にしがみついていた。

「おいでおいで」

よほど怖いらしく、動けないでいる。もう少しのところで手が届かない。無線で下に要請をする。

「左にあと十五センチずらしてください」

油圧の音がして梯子がゆっくりずれた。今度は手が届く。話しかけながら注意深く手を伸ばし、飼い主からもらったおやつを鼻先に持っていった。

「なーごちゃん」

教えてもらった名前をしきりに呼んで笑顔を向ける。ネコが少し首を伸ばし、ピンク色の鼻でフンフン匂いを嗅《か》ぎだした。一樹のアイデアで、おやつにマタタビの粉を軽く振りかけておいたのだ。

「なーごちゃん。ほら、美味しいよ。こっちおいで」

幸いなことにおとなしいネコで、一樹の手が触れても逃げなかった。

「これで大丈夫のようです。あと五センチ、前にお願いします」

ギギギ……微《かす》かな音を立てて梯子が動く。一旦手を開いてネコの身体の左右に配置した。

そしてそっと両手を……。

「にゃあーーん」

驚いたネコが啼《な》いた。両脚で一樹の腕を蹴るが徒労に終わった。枝がゆらゆら揺れる。

一樹はまだ油断しなかった。

「保定開始！」

ネコの脇腹を両手でしっかりと摑み、そのままの姿勢で首を縦に振る。

ゆっくりと梯子が縮まる。やがて地面が近づいてきた。

「にゃあーーーーん」

自力で飛び降りられると判断した途端、ネコは大声で啼いて身体中を必死でくねらせて暴れたが、一樹はしっかりホールドしたまま飼い主の老婆にネコを手渡した。

「はいっ。大事なネコちゃん、気をつけてあげてくださいね」

「なーごちゃん！　ああよかった！」

老婆が安堵《あんど》して泣き始める。そして慌ててネコを家の中に閉じ込めた。

戻ってきた彼女は降り立った一樹の両手を握り、満面の笑顔で喜んだ。

「お兄さん！　ありがとう！　あの子はあたしのたった一人の家族なんです！」

一樹は嬉しくて嬉しくて、鼻がつうんとした。初体験はネコだったが、無事に命を救うことができた。結果的に目の前の老婆を救うこともできた。

顔を上げると健二が親指を突き出している。一樹もにっこりと笑って親指を突き出した。

気づくと、他の隊員も全員が親指を突き出して一樹の救助を誇っていた。

（ああ、僕、この瞬間を一生忘れない）

「よし、相沢隊員、任務完了！　全員撤収！」

「はいっ」


翌日の休みに、健二と一樹はバイクに二人乗りして高輪《たかなわ》、泉岳寺《せんがくじ》に行った。そこには浅野内匠頭と礒貝正久の墓所があるのだ。

途中で花を買い、墓所に入る。内匠頭の墓はすぐに見つかった。健二が花束を二つに分け、半分を花器に入れた。

「結局、僕たちって、生まれ変わりだったんでしょうか」

「そうかもしれないな。お前が礒貝で俺が浅野ってことだ」

不思議な縁だと一樹は思った。考えてみると、稲穂市の消防署に出向する羽目になったのは、偶然だった。当初は東京消防庁を予定していたのだが、東京ではいかにも中央官庁っぽくて受けが悪いだろうという父親の横やりで、急きょ変更したのである。

高鼻消防署に決まったのも偶然だった。本来なら稲穂中央消防署勤務のはずだったのが、そこで大きな不祥事が起こり、受け入れ態勢が整わないとのことで横滑りになって決まったのである。

二人は内匠頭の墓に静かに手を合わせた。あれ以来、江戸時代の夢は見ていない。寂しいような、ほっとしたような、妙な気持ちだ。

続いて礒貝正久の墓を探した。ずらりと並んだ四十七士の墓から探し出すのは少し手間取った。

今度は一樹が、残り半分の花束を横にして置く。そして二人で手を合わせた。

どこからか線香の煙が漂ってきた。白くて細い煙はゆっくりとたなびいて二人の周囲をぐるりと回り、青い空に溶け込むように霧散していった。

了

あとがき

はじめまして！　室戸みさきです。新人です。以後お見知りおきくださいまし。

この本をお手に取ってくださった皆さん、こんにちは！

この小説は現代と江戸との二つの世界を交互に描くという初めての試みでした。プロットの段階ではこんなに苦労するとは思っておりませんでしたが、楽しんでいただけましたらとても嬉しいです。

素敵なイラストを描いてくださった香坂あきほ先生、ありがとうございました！　また、お買い求めくださいました読者の皆様、ありがとうございました！

作者としては、涼介みたいなのが結構好きで、楽しんで書きました。ああいう、美形で恵まれているんだけどどうしようもない人間ってなんかいいですよね。

それにしても今年は本当に寒いですね。近所を徘徊する野良猫も今年はちょっと辛そうです。やたら家の中に入ってきたがります。

プランターで育てている植物も、寒さのせいでいくつか枯れてしまいました。昨年（二〇一四年)の大雪でも枯れなかった植物なのに、たった一晩の氷点下で枯れてしまうとは、何がどう違うのでしょう。謎です。

　最近しみじみ思うのは、変化なく生きることの難しさです。毎年植物を育てていて、毎年同じように花を見ることが難しくなってきています。冷害で枯れたり、病虫害の大発生だったり、熱帯夜で弱って枯れたり、原因はさまざまです。

二〇一〇年まではここまでひどくなかったように記憶しています。気のせいでしょうか。それとも激動の時代の幕が開いちゃったんでしょうか。

　何はともあれ二〇一五年は遅まきながら私も激動の時代を迎えようかと思いました。何がどう激動なのかというとイマイチ分からないのですが、とりあえず断捨離をします。

　また書店でお会いできるといいですね。感想等ございましたら、ぜひアズ文庫編集部宛にお便りをください。今後とも応援よろしくお願い申し上げます。

二〇一五年二月吉日

室戸みさき

挿絵を担当させていただきました、
香坂あきほと申します。

今回、室戸先生に恐縮にも、
消防士の制服などのたくさんの資料を
用意して頂きました。
その世界観の深さに感動しながら、
資料を見るのも楽しくて
仕方ありませんでした…！

香坂

本作品は書き下ろしです。

AZ BUNKO この本を読んでのご意見・ご感想・
ファンレターをお待ちしております。
〒101−0051
東京都千代田区神田神保町2−4−7
久月神田ビル7F
(株)イースト・プレス　アズ文庫 編集部

火《ひ》消《けし》の恋《こい》は鎮《しず》まらない

2015年4月10日　第1刷発行

著　者：室戸《むろと》みさき

装　丁：株式会社フラット
DTP：臼田彩穂
編　集：福山八千代・面来朋子
営　業：雨宮吉雄・藤川めぐみ

発行人：福山八千代
発行所：株式会社イースト・プレス
〒101-0051
東京都千代田区神田神保町 2-4-7
久月神田ビル 8F
TEL 03-5213-4700　FAX 03-5213-4701

http://www.eastpress.co.jp/

印刷製本　中央精版印刷株式会社

ISBN978-4-7816-1307-9　C0193